文春文庫

その男
(一)

池波正太郎

文藝春秋

その男（一）／目次

その男（一）

初出・週刊文春／昭和四十五年二月九日号～四十六年九月二十日号
単行本『その男』（上）（下）／昭和四十七年四月／文藝春秋刊
この本は昭和五十六年七月に小社より刊行された文庫の新装版です。

身投げ

一

非常な、難産であったらしい。
生んだ母親は、間もなく息絶えたけれども、生まれた子は、どうやら助かった。
しかし、見るからに虚弱そうな赤子《あかご》で、およそ半歳ほどの間は、
(いつ死ぬか、いつ死ぬか……)
と、おもわれながら、育てられたのだという。
父親の杉平右衛門直重《すぎへいえもんなおしげ》は、三十をこえて、はじめてもうけた跡《あと》つぎの男子だけに、
(何《なん》ともして、ぶじに育ち、杉家の跡とりになってもらいたい)
との祈りをこめ、この長男へ、
〔虎之助《とらのすけ》〕

と、命名《めいめい》をしたものだ。

〔獣君《じゆうくん》〕とよばれるほどに威力をそなえた、この獣《けもの》のごとく、

（たくましく、大きく育ってくれよ）

そのねがいもあってのことだろうが、杉平右衛門の弟で、虎之助には叔父にあたる山口金五郎にいわせると、

「なあに、おれが実家《ところ》は日蓮宗《ほつけ》だろう。その故もあってか、あの堅人《かたじん》の兄貴どのは、若いころから、むやみやたらに清正公《せいしようこう》さまがごひいきでね」

なのだそうな。

清正公さま——すなわち、戦国のころ、太閤秀吉子《たいこうひでよしこ》飼《が》いの勇将として天下に武名をとどろかせた加藤清正《きよまさ》のことである。

加藤清正は日蓮宗の熱烈な信者であり、周知のごとく南《な》無妙法蓮華経《むみようほうれんげきよう》と清正は、切っても切れない関係にある。

杉平右衛門は、自分も若いころから病身であったし、生来、きわめてまじめな人物であったから、

（清正公様の人格にふかくふかく、こころをひかれ……）

これを敬《うや》まうこと、ひとかたではなかった。

なればこそ、加藤清正の若き日の名〔虎之助〕を、わが子にあたえたのであろう、と、

山口の叔父がいうのである。

「だが、どうみても、お前は虎にみえねえ。まるで、肺患病《ろうがいや》みの子鴉《こがらす》だよ」

山口金五郎は、甥《おい》の虎之助へずけずけというが、そのことばとは裏腹に、病弱の甥を乱暴に可愛がってくれた。

金五郎叔父は、十七歳のときに杉家を出て、五十俵二人扶持《ににんぶち》の小普請《こぶしん》で、徳川将軍の家来のうちでもほんのはしくれの山口家へ養子に入った男だけに、口のききようも生活《くらし》の仕様も気軽なものだし、

「金めを、虎之助へ近づけてはならぬ!!」

と、兄・平右衛門が家人へきびしくいいわたしたほどの、いわゆる、

「飲む、打つ、買う」

の三拍子が、遺憾《いかん》なくそなわった道楽者であった。

ひげあとの青々とした、小肥《こぶと》りの躰《からだ》つきも、鼻のふとい、血色のよい顔も、亡父・杉直元《なおもと》(虎之助の祖父にあたる)そっくりだといわれている山口金五郎にひきかえ、兄の平右衛門は亡母・由《よし》に似て、ひょろりとした長身だし、いつも青白い、骨張った顔を、

「苦虫《にがむし》でも嚙みつぶしたようにして……」

病苦をこらえ、一日も寝込むことなく、御役目をつとめていたのだ。

杉平右衛門は、二百俵頂戴《ちょうだい》の幕臣である。

役目は、幕府《こうぎ》の〔細工頭《さいくがしら》〕というものだ。

これは、幕府で使用する細工物のいっさいをつかさどるもので、江戸城内の部屋部屋から、塀、調度、御駕籠《かご》の製作や、高札《こうさつ》、下馬札にいたるまで、細工方がこれをうけたまわる。

平右衛門は、六人の組頭のうちの一人で、この下に部下の同心《どうしん》が四十七人いる。

身分も禄高も高いとはいえないが、こうした役目柄ゆえ、多くの用達の商人や職人を相手にする。

したがって、いろいろとその、余得《よとく》も多い。

「細工方へまわったら蔵《くら》が立つ」

なぞと、いささか大仰《おおぎょう》にしてもうわさされたほどだから、おして知るべしであろう。

だが、山口金五郎いわく、

「ばかだよ、兄貴は……宝の山へ入りながら、いつまでもくそまじめを絵に描いていやぁがる。虎の将来《ゆくすえ》をおもうなら、もちっと、据膳へ指の一本ものばしたらいいじゃねえか。ほんに、じれってえ」

二

しかし、杉平右衛門のそうした人柄が買われたからこそ、この御役目につけたのだともいえよう。

平右衛門を〈細工頭〉へ推薦したのは、勘定奉行・土方《ひじかた》出雲守《いずものかみ》勝政《かつまさ》であった。

土方出雲守は、平右衛門の亡父・杉直元が西の丸の御役についていたときの上司《じょうし》であり、そうしたゆかりもあって、父亡きのちは御役目にもつけずにいた平右衛門のことを、こころにかけていてくれたものであろう。

「あのせがれならば、間ちがいもあるまい」

と、出雲守が見きわめたとおり、杉平右衛門の勤務ぶりは謹直をきわめ、商人たちからの贈り物なども、よくよく見きわめてからでないと受け取ろうとはしなかった。

ま、こうしたわけで……。

杉平右衛門にとって、土方出雲守は〈大恩人〉ということになる。

たとえ、二百俵の旗本でも、御役につくとつかぬのとでは、収入にも羽ぶりにも大へんな差があるし、家の名誉という点においても、むろん、違ってくる。

さ、そこでだ。

この大恩人の土方出雲守が、

「杉平右衛門も、妻女が亡くなってより十年。いまだに独身《ひとりみ》でいるそうな。まだまだ五十には間もあることゆえ、後ぞえを世話してつかわそう」

と、いいだした。

平右衛門は、虎之助を生んだ亡妻・妙《たえ》と七年を共に暮したわけだが、妙がよほど気に入っていたとみえ、再婚のはなしもことわりつづけてきていた。

だが、今度は相手が大恩人の土方出雲守だ。無下《むげ》にはことわれない。で、気がすすまぬままに、土方の世話により、再婚をしたのである。

この再婚が、杉虎之助の運命を変えてしまうことになる。

父が再婚をしなかったら、虎之助はどうしたろう……?

その幸・不幸におもいをめぐらすことはさておき、そうなれば当然、筆者は、こうして彼のことを書きのべて行くこともなかったろう。

虎之助の義母となった女《ひと》は、名を峰《みね》という。

前に一度、結婚をし、夫が病歿したのち、実家へ帰り、丁度三十三歳で再婚となったわけだ。

実家の主は、林又七郎といい、峰の兄にあたる。

林又七郎は高五百俵取りの〔勘定方・頭取《とうどり》〕で、土方出雲守の信頼があつい。

ところで……。

この再婚どうしの婚礼がおこなわれた日に、かの山口金五郎が兄の後妻となった峰女を見て、わが家へもどるや、

「いやどうも……これから先、虎のことがおもいやられる……」

と妻のお浜へためいきまじりにもらしたとか……。

この予言は、的中した。

お峰は、徹底して、先妻の子である虎之助をきらいぬいた。

十歳にしては、あまりに小柄で、あまりにも細く、いつもいつも陰気に押しだまっている虎之助だけに、お峰でなくとも、後妻になった女は、義理にも可愛ゆいとはおもわなかった、にちがいない。

しかも、再婚後、一年半ほどして、お峰が男の子を生み落したものである。

三

男の子は〈源次郎〉と名づけられた。

だれに似たか、健康そのものの大きな赤子で、

「虎之助が生まれたときの二倍はある!!」

と、杉平右衛門が、めずらしく満面を笑みくずし、

「よしよし、よし、よし……」

源次郎をながめて、何度も打ちうなずいた。

跡とりの虎之助は、やれ風邪だ、やれ下痢だ、と、いつもひょろひょろと寝込んでばかりいるし、

(これはとても、長保《も》ちはすまい)

と、平右衛門はおもいこんでいたらしい。

虎之助が生まれたときから、診《み》てくれている医師の大沢道伯《どうはく》も、

「二十《はたち》まで、どうかな……?」

いつか、山口金五郎へくびをかしげて見せたこともある。

だから、

(もしも、虎之助に万一のことがあっても、このように丈夫な次男がいてくれれば……)

平右衛門がひそかにおもったとしても、おかしいことはない。

だが、後妻のお峰は、

(一日も早く、自分の生んだ子を杉家の跡とりにしてしまいたい)

と、考えはじめている。

それには、一日も早く、虎之助に死んでもらわねばならぬ。

死なぬまでも、夫・平右衛門に決断をうながし、虎之助病弱の故をもって、家督を源次郎へゆずりわたすべき〔手つづき〕をとってもらわねばならぬ。

「いやはや、どうも……」

山口金五郎が、妻のお浜へ、

「兄嫁のやつめ、虎公が生まれたときから世話をしてくれている大沢道伯先生の出入りを、さしとめてしまやぁがった。これからは虎の病気を、てめえの実家《さと》に出入りをしている医者に診《み》せる、などといっているそうだが……なに、見ていてごらん。これからはもう、虎の介抱をしてくれるものなぞ、いなくなってしまうさ。兄嫁め、おれになぞは、はっきりいったよ——あなたさまのお出入りは、主人《あるじ》も好みませぬことゆえ、これからは、ずいぶんとおさしひかえ下さいますよう……と、ね。いやどうも、兄貴め、とんだ女《の》を後ぞえにしたものだ。だいぶんに持参金をもって入って来たそうだが、あの兄貴がいまさら、金に目がくらむわけでもあるまいに……」

なさけなそうに、こぼしたのである。

それは嘉永六年真夏の或日のことであったが……。

十三歳になった虎之助が、浅草・三味線堀《さみせんぼり》にある杉家から、本所・石原町の金五郎叔父の家へ、ひょっこりとあらわれた。

「おやまあ、虎之助さん……」

叔母のお浜が、かつてなかったことだけに、

「おひとりで?」

虎之助、例のごとく青い顔をして、むっつりとうなずく。

その顔色の、冴えない上にも冴えないのを、お浜は感じた。

「どうなさった？」

「叔父さまは？」

と、虎之助も、叔父夫婦だけには、いささか甘えた口調になる。

彼が子供らしい感情をわずかにでも披瀝《ひれき》してきたのは、この夫婦のみに、といってよい。

山口金五郎叔父は、兄・平右衛門と十五ほども年齢のへだたりがあった。この兄弟の間に三人ほど生まれた子は、みな早世をしている。

金五郎はお浜との間に、お千代といって、この年で七歳になるひとりむすめをもうけていたが、お千代などは虎之助を見ると、なにやら気味わるそうに、母親の背中へかくれてしまうのであった。

この日……というよりも前夜から、金五郎は外出《そとで》をしている。

いずれ、悪友たちと、どこかであまりよくないあそびをしているにちがいない。

「もう、帰るとおもうけれど……」

「叔母さま」

「あい？」

「待たせていただく」

「それは、すこしもかまわぬけれども……お屋敷へは、かまいませぬのか？」

「ことわって来ました」

それにしても、あの口やかましいお峰のことを考えると、お浜も何やら気がかりになり、老僕の与平を杉家へ走らせ、ともかく虎之助が、ここに来ていることを告げておこ
うか、と考えたが、

「だいじょうぶです。義母上《はは》にも、ことわってあります」

虎之助が、はっきりという。

お浜も、つねづね夫からお峰のことをきいているものだから、

（それなら、かまうものか。なに、虎之助さんが、わが叔父のところへあそびに来たの
だもの。だれに遠慮をすることはない）

勝気な女だけに、肚《はら》をきめた。

虎之助が来たのは昼すぎである。

お浜は、西瓜《すいか》を切ったり、菓子を出したりして、虎之助をもてなしてくれた。

夕暮れが近づいて来た。

まだ、金五郎は帰らぬ。

（もう、虎ちゃんを帰さないと……与平に送らせようか……）

台所にいて、まといつくお千代と下女を相手に夕餉《ゆうげ》の仕度にかかっていたお浜が、それと気づき、座敷へもどって見ると、

(あれ……?)

虎之助の姿が、どこにも見えない。

老僕の与平も、虎之助が出て行ったのに気づかなかった、という。

「いったい、どこへ……だまって帰るはずもないのだけれど……」

お浜は、妙な不安が、急につのってくるのを押えきれず、

「与平。早く。そのあたりをさがしてみておくれ」

叫ぶように、いった。

だが、すでに間に合わない。

虎之助はそのとき、御竹蔵《たけぐら》の西側の河岸道へ出ていた。

夏の夕闇が、ようやくに濃かった。

水売りの声も絶えている。

河岸道には人気《ひとけ》もないようだ。

ふらふらと、河岸道を大川(隅田川)へ向って歩む虎之助が、そのまま、いささかのためらいもなく、川水へ身を投げたのである。

白　刃

一

虎之助の小さな躰を川水が呑んだ瞬間……。

これは、川面《かわも》をすべって来た小舟の中から、これも小さな男が、大川へ飛びこんだ。

ちょうど、御竹蔵の河岸道にかかっている御蔵橋をわたりかけていた井上右吉《うきち》という中年のさむらいが、これを見ていて、

「その男は、舟の中から川へ、するりと、すべりこむようにして入りました」

と、主人の旗本・徳山五兵衛へ語ったそうだ。

徳山屋敷は、山口金五郎家のすぐ近くにある。

その、川水へすべりこんだ矮軀《わいく》の男はこれも井上のことばによるなら、

「まるで、河童《かっぱ》の生まれかわりとも見えまして……」

なのだそうである。

男は、陸《おか》を歩《あゆ》むように水の中を泳ぎすすみ、

「あっという間に……」

おぼれかかっている虎之助をとらえてしまった。

小男が、虎之助を小舟の上へ救いあげるまでの時間も、ごく短かった。

河岸道を歩いていた者は、ほかにもいたようだが、大川の異変に気がついたのは井上右吉のみであった。

井上とても、虎之助の投身を見てはいない。

小男が飛びこんだのを見てから、はじめてそれと知ったわけだが、それにしても、まさか虎之助が身投げをしたのだとはおもわず、あやまって川へ落ちたのだと、おもっていたらしい。

男は、虎之助をすくいあげるや、船頭に何かいいつけ、舟を河岸へ着けず、そのまま、大川の夕闇へ溶《と》けこんでしまったものである。

これを見やって、井上が、

(ははあ……先ず、助かってよかった)

ひとりうなずき、河岸道を歩みはじめたとき、駈けあらわれた山口家の老僕・与平が、

「もし、もし、おさむらいさま。いま、このあたりへ、丈《たけ》の小さな、あの子供が、出て

まいりませぬでしたか？」

せわしなく問いかけた。

「子供……どんな？」

「あの、お武家の……」

「いま、川の中で、おぼれかかった子供が……」

「げえっ……」

「なにをおどろく。では、その子か？」

「そ、その子は、その子はどこに……」

「いま助けられた」

それはよいのだが、川の上をどこかへ連れ去られてしまったのだから、手のつけようがない。

おもえば井上右吉ものんきな男で、

「そりゃ、ちがう子供やも知れぬぞ。ま、どちらにしても助かったのだからいいではないか。大丈夫、おぼれ死ぬ間もなかったほどだ」

いいすてて、さっさと石原橋の手前を右へまがって行く。

与平は、河岸道をうろうろし、大川をながめまわしたけれども、夕闇は夜のそれに変りつつあって、行き交《か》う大小の舟がくろぐろと見えるだけのことだ。

「た、大変だ」

まっ青《さお》になった与平は、山口家へ駈けもどると、折しも金五郎が帰宅したところで、お浜からすべてをきき、これも与平の後から、虎之助をさがしに出ようとしていたところである。

「ばか!!」

酒の酔いも一度にさめた金五郎が、与平をどなりつけた。

「なぜ、そのさむらいの名と住所《ところ》をきいておかねえのだ。いい年をしやぁがって、お前なんという……」

「も、申しわけもございませぬ」

たちまち、大さわぎとなった。

それでも、おぼれかかった子供が虎之助だとは決められない、というので、金五郎も与平も、下女のおもとも、いっせいに外へ飛び出し、虎之助をさがしまわること約一刻(二時間)。ついに手がかりもつかめず、一同、家へもどって、

「さて、こいつは弱った……」

山口金五郎が、あたまをかかえていると、

「ごめん」

外に訪《おと》なう声がする。

細く、しかも澄みわたった、まるで若い女のような声であったが、与平が出て見ると、五十がらみのやせこけた小男が玄関口に立っている。

それよりも、与平をおどろかせたのは、男が抱きあげている虎之助の姿であった。

「ああっ、……杉さまの坊っちゃん……」

与平の叫びをきき、金五郎夫婦が飛び出して来た。

「まさに、この家《や》の子だ」

五十男が、女のような声で、

「おい。着いたぞ」

虎之助へ声をかけた。

虎之助は土気《つちけ》色の顔をうつむけたまま、与平に抱きとられた。

「こ、これは……」

さすがに山口金五郎、そこへ両手をつき、

「虎之助を、お助け下されましたとか……」

男は、おだやかにうなずく。大小の刀を帯びているが、いかにもたおやかな躰つきで、あたまは総髪《そうがみ》。色白の小さな品のよい顔だちを見たとき、山口金五郎は、

（虎めに、もし寿命あって大人になったら、ちょうど、このようなお人になるだろう）

と、おもった。

「かたじけのうござる」

下げたあたまを夫婦して上げ、

「先ず、おあがりを……」

と、金五郎がいったとき、かの男の姿は、もう、そこには無かった。

「もし、お待ち下さい」

あわてて、金五郎が外へ飛び出したけれども、男の姿がどこにも見えないのは、ふしぎなほどの速さで去ったものといわねばなるまい。

与平も、妻のお浜も、何やら狐につままれたような顔をしている。

もどって来た金五郎が、与平の手から虎之助を抱きとり、

「虎、しっかりしろ!!」

叫ぶや、虎之助がひしと叔父の胸へしがみつき、絶えいるような泣声を発した。

二

山口金五郎が、甥の虎之助を駕籠に乗せ、三味線堀の杉家へやって来たのは、翌日の昼前であった。

杉平右衛門は、非番《ひばん》で屋敷にいた。

駕籠でかつぎこまれた虎之助を見て、屋敷の小者たちがさわぐのを尻目に、金五郎は虎之助を抱きあげ、ずんずんと、兄・平右衛門の居間へ入って行った。

「や……」

平右衛門は、後妻のお峰に茶をいれさせていたところだ。

「金五郎。虎之助を、どうしたのだ」

「昨日、私のところへまいりましてね」

「なに……？」

と、平右衛門が手の団扇《うちわ》を捨て、お峰を不審そうに見やった。

お峰が、つんと傍《わき》を向いた。

平右衛門は、息子が屋敷にいるものとばかり、おもっていたらしい。

ということは、昨日出て、今日まで帰らなかった虎之助のことを、お峰は夫に告げなかったことになる。

虎之助の失踪《しっそう》を内密にしていたことになる。

「これは、けしからぬことだ!!」

と、山口金五郎がわめいた。

「十三の虎之助が女郎買いに出たわけでもあるまいし……兄上。あなたは、たいせつな跡とり息子が昨夜は屋敷へもどらなかったのを御存知なかったのか!!」

「知らぬ……峰、これは、どうしたことじゃ？」

「存じませぬ」

ぷいと、お峰が立って、となりの部屋へ去った。

杉平右衛門、これをとがめるでもなく、苦虫《にがむし》を十匹も噛みつぶしたような顔つきになり、

「虎之助。なんとしたぞ!!」

いきなり、叱りつけてきた。

「おだまんなさい」

金五郎が兄をどなりつけた。

「虎めは、大川へ身を投げたのですぜ」

「な、なに……」

さすがに、平右衛門もおどろいたらしい。

「なぜに、十三の子供が身投げをしたか、兄上は御承知か」

「し、知らぬ？」

「虎の病いがちなのは、生まれつきなのですよ。これあ、たしかに兄上、あなたの血をうけているのだ。だから弱い。あなたが生ませた子ですよ、わかりますかえ」

「う……」

「躰が弱いからというので、跡つぎ息子が両親からじゃまものあつかいをされたのでは、かないませんねえ」

「ぶれいな……だまれ!!」

「それほどにじゃまな息子なら、叔父の私がもらいうけよう。どうです。兄上。そのつもりで私はやって来たのだ」

「ばかもの。なにを申す。虎之助は、杉家の跡とりではないか」

「兄上。御役目大事もけっこうですが、すこしは屋敷内のことにも、その細い眼《まなこ》を光らせてみたらどうです」

「な、なんと……」

「虎はねえ、兄上。病弱なおのれの身をはかなみ、義理の母親たるお峰さんからつまはじきにされ、それやこれやでおもいつめたあげく、大川へ飛びこんだのだ。むろん死ぬつもりでね」

「う、う……」

「すこしは、手前の女房を飼いならしてみたらどうです」

「おのれ、いわせておけば……」

「それとも、何か、兄上も共に、虎之助をじゃまものにしているのですかえ」

「だまれ、だまれ!!」

舌うちをして山口金五郎が、

「虎よ。どうだ、叔父さんの子になるか？」

ぐったりと、畳にくず折れている虎之助に声をかけたとき、杉平右衛門が飛びあがるようにしてわが子をつかまえ、

「虎之助は、わしが子だ」

「勝手にしやがれ」

と、金五郎は平右衛門の茶わんを蹴飛ばした。兄に向って、このような所業を彼がしたのは、はじめてである。

くるりと、着ながしの裾をまくって山口金五郎が、廊下へ出て行きながら、

「虎。ここがいやになったら、いつでもおれがところへやって来いよ」

と、いった。

三

それから一月ほど後に、またも虎之助が家出をした。

あのとき以来、父・平右衛門もなにかとこころをくばってくれるようになったが、なんといっても御役目大事の父のことだし、屋敷内のことはいっさい、義母お峰の支配下

にあるのだから、虎之助の寂蓼《せきりよう》が変ることもなかった。

むしろ、

「虎之助どの。お部屋から出てはなりませぬぞ。うかつに出て歩かれては、私が父上に叱られますゆえ」

お峰が、あてつけがましくいいつのる結果になった。

終日。十三の少年がせまい自室に凝《じつ》と閉じこもり、ちからなく咳きこんだり、ひとりきりの食膳に向って箸をうごかしたり、ときには、それが只ひとつの反抗のしるしに、ふてくされて朝になっても床からはなれず、食を絶ったりしている。

たまったものではなかったろう。

虎之助、今度は父に置手紙をのこしておいた。

「……本所の叔父上の子になりとうございます。杉の家督は源次郎にさせて下さい」

と、いうものであった。

この手紙を、

(うまく父上の手にわたってくれればよいが……いや、家督を源次郎にゆずるのだから、義母《はは》上が手紙《これ》を見つけたとしても、むしろよろこんで、父上へ見せてくれよう)

虎之助は、そう考えた。

夜あけ前のことである。寝床をぬけ出した虎之助は、用意の風呂敷包みを背負い、台所から裏庭へ忍び出た。

塀にかける梯子は、昼間のうちに物置きから出し、塀ぎわの榎《えのき》の木の下へかくしておいてある。

塀へのぼり、梯子を引きあげ、これを外がわへかけ直し、道へ降りた。

これだけのことをするのに、虎之助はぜいぜいと息をきらし、全身びっしょりと冷汗にぬれ、道へ降りたときは、しばらく立ちあがれなかったという。

やがて、歩き出した。

空が、わずかに白みかけていた。

大気が冷んやりとして、

(秋が来た……)

ぼんやりと、虎之助はおもった。

道を東へ……。

新堀川を渡り、元鳥越町から浅草の御米蔵前通りへ出た虎之助は右へ曲った。

蔵前通りは道幅が広く、日中は人通りの絶え間もないところだが、淡く靄《もや》がたちこめている薄明《はくめい》の道には人影もない。

(あっ……?)

鳥越橋の手前まで来て、虎之助は身をすくめた。

鳥越橋のあたりに、数個の人影を見たばかりではなく、いくつもの白刃《しらは》がきらめくのを眼に入れたからである。

（き、斬り合いだ……）

あわてて、虎之助は右側の町家の、大戸を下した前にある大きな用水桶の蔭へころげこんだ。

深《しん》としている。

かたく瞑《つぶ》っていた眼をあけ、こわごわ、虎之助が鳥越橋の方を見やると、斬り合いの一団は、すぐ眼の前へ移動して来ているではないか。

（あっ、こわい……）

くびをすくめ、またも瞑りかけた虎之助の網膜《もうまく》が、一人の男の姿をとらえた。

（あっ……あのお人ではないか……？）

忘れ得られるものではなかった。

一月前に、大川へ身投げした自分を助けあげてくれた、どこかの〔小父さま〕なのだ。

あのとき……。

深川・仙台堀の船宿へ舟をつけさせ、小父さまは、虎之助を介抱してくれた。

やわらかい両掌で、まんべんなく虎之助の全身をさすり、もみほぐしてくれながら、

〔小父さま〕は、

「坊ず。生き返ったのう。一度死んで、また生き返ったからには、もうお前さんは別の人間《ひと》になっているのだ。わかるかな、いまの坊ずは、川へ身を投げる前の坊ずとは、まったくちがう人間なのだよ」

と、やさしくいってくれた。

その意味はわからぬながらも、ふしぎに、そのことばを、虎之助は忘れかねている。

「どこへ送ってやろう？」

といわれ、本所の叔父の家を告げた。それだけのことであった。

その小男の〔小父さま〕が、五人もの大きくて強そうなさむらいの白刃にかこまれ、刀もぬかぬまま、立っているではないか……。

虎之助は、恐怖を忘れた。

五対一。

（ああ、とても、小父さまは勝てない。でも、なぜ、刀をぬかないのか……？）

五人の武士も無言なら、小父さまも無言である。

無言のままに五つの刃が、高く低く、または前後左右に、小父さまのまわりを絶えずうごいているのだが、斬りつけるものは一人もいない。

その白刃の輪の中に、小父さま、ぼんやりと立っている……ように見えるのだ。

そのうちに……。

五人のうちの一人が、低いが、するどい声で何かいった。

虎之助には耳なれぬことばで、何をいったのか、わからぬ。江戸のさむらいではないらしい。

転瞬……。

虎之助は眼をとじた。

五つの白刃が、いっせいに〔小父さま〕へ襲いかかったからである。

「うわ、わ……」

「ぎゃあっ……」

絶叫と悲鳴が、虎之助の耳朶《じだ》を打った。刃と刃の嚙み合うすさまじい音もした。

また、深となる。

ついで、人の駈け去る足音が乱れ起り、遠ざかるのを、虎之助はきいた。

おそるおそる眼を開けて見ると、相も変らず〔小父さま〕が立っている。その足もとに三人のさむらいが倒れ伏していた。

残る二人はいっさんに鳥越橋をわたり、彼方へ逃げ走っている。

深川・新地橋

一

〔小父さま〕が、こちらへ歩み出した。

用水桶の蔭にかくれて、これを見ている虎之助がおどろいたのは、小父さまがぬき持っていた刀が、いつの間にか鞘におさまっていたからである。

用水桶の、すぐそばまで〔小父さま〕が近づいて来たとき、彼方に倒れ、もがきうごいていたさむらいの一人が、急に、猛然とはね起き、左手に刀をひろい、立ちあがった。

このさむらいの右腕は、小父さまに切り飛ばされていたのだ。

虎之助がそれに気づいて、

「ああっ、小父さま、あぶない！」

絶叫をあげ、道へ飛び出した。

「や、坊ず……」

いいさしたとき、背後へせまったさむらいが、

「たあっ！」

左手の剣と共に、血だらけの躰ごと、小父さまへぶつかって来た。

間髪《かんぱつ》を入れずに……。

虎之助が〔小父さま〕に軽く突き飛ばされている。

同時に、襲いかかったさむらいも、もんどりうって路上へ投げつけられていた。〔小父さま〕が、尻もちをついている虎之助をさっと抱き上げ、風のごとく蔵前通りを走り出した。

それから間もなく……。

〔小父さま〕は、駒形町の鰻《うなぎ》や〔中村〕の二階座敷へ、虎之助をつれてあがっている。

まだねむっていた〔中村〕の裏手の戸をたたき、起きて来た店の者へ、

「朝めしを食わせておくれ」

こういって小父さま、わが家へもどったような顔つきで、二階へあがったのである。

「へい、へい。かしこまりました」

と、寝ぼけまなこの店の者が、すこしもいやな顔をせず、小父さまをもてなしにかかるのが、少年の虎之助には印象的であった。

この前のときと同様、小父さまは虎之助になんの質問もせぬ。

やがて……。

熱いとうふの味噌汁と焼海苔。それに〔中村〕の名物〔かみなりぼし〕もはこばれ、

「さ、おあがり。いいからお食べ」

と、小父さまがやさしくいう。

「はい」

ふしぎに、虎之助は素直な気もちになっている。

食べた、おいしかった。

このような味噌汁を、わが家では口にしたことがない。

「おいしいかえ？」

「はい」

食事がすむと、小父さまが、

「さて……今日は、どこへ送りとどけたらいいのだね」

と、いう。

虎之助の胸の底から、自分でもわけのわからぬ衝動が烈《はげ》しくつきあがってきたのは、
実にこの瞬間であった。

この衝動こそが、杉虎之助の一生を決《き》めた、といってよいだろう。

「小父さま！」

いつもは青白い満面《まんめん》に血をのぼらせ、

「私を、私を……」

必死の声が、ほとばしり出た。

「む、なにかね？」

「私を、小父さまのお弟子にして下さりませ」

「ほほう……」

「強くなりたいのでございます。わたくしは、強くなりたいのでございますっ!!」

「ふうむ」

「おねがいでございます、おねがい……」

すると〔小父さま〕が、

「そうかえ」

と、うなずき、

「では、私のいうことを何でもきくかえ？」

「は、はい。はいっ!!」

「そこの窓から、下へ飛び降りてごらん」

これには、虎之助もあわてた。

窓の下は大川の河岸道である。そこへ飛び降りろ、というのだ。

「な、坊ず。とてもできないだろう。剣術の修行などというものは、そこから飛び降りることなど朝飯前のことなのだよ。およし、およし」

虎之助が颯《さっ》と立った。

「これ……」

という間もなく、虎之助の小さくて細い躰が、窓の向うへ消えた。

「あっ……」

と、今度は〔小父さま〕があわてた。

「やった!!」

叫ぶや小父さま、これもふわりと窓の外へ消えた。

宙《ちゅう》に一回転した〔小父さま〕が、河岸道へ立ち、

「坊ず、しっかりしろ」

と、虎之助を抱き起した。

「う、うう……」

躰のどこかを打ったらしく、虎之助がかゝ細いうめき声をあげ、躰を海老《えび》のように巻きちぢめていた。

二

〔小父さま〕が、本所・石原町の山口金五郎宅へあらわれたのは、その日の夕暮れであった。

風が冷んやりとしている。

どこかで、虫が鳴いていた。

金五郎はおどろいた。

〔小父さま〕が、虎之助の家出を告げたからである。

というのも、例によって杉家では、義母のお峰が虎之助の失踪《しっそう》を杉平右衛門にかくしていたからであろう。

「畜生、あの女め!!」

と、金五郎はすぐにも兄の屋敷へ怒鳴《どな》りこむつもりになった。

「ま、お待ちなさい」

と〔小父さま〕が、

「虎坊から、事情《はなし》をすっかりききましてな」

「いや、どうも、かさねがさね、御厄介《やっかい》をおかけいたしました。まことにもって、めんもくしだいもありませぬ」

「いや、なに……」

「で、虎めは？」

「私がところにいます。ちょいと怪我《けが》をしましてね」

「えっ……」

「なに、大したことはない」

「すぐに、お供をいたす」

「ま、落ちつかれよ」

「は……？」

「山口、金五郎殿」

「はあ……」

「虎坊を、私がもらいうけたい」

「えっ……」

「いや、わが子にすると申すのではない。先ず、さよう……五年ほども、私にあずけてもらいたい。これは虎坊が熱心にのぞんでいることなのですよ」

「あの、あなたに？」

「さよう。剣術を修行したいと、こういうのでね」

「け、けんじゅつ……あの、虎之助が？」

「はい、はい」

「あなたが、その……」

「さよう。私もこれで剣術つかいでしてな。ま、虎坊を引きとるからには、私の技倆《ぎりょう》も、叔父ごのあなたに見とどけてもらわねばなるまい」

こういって、小父さまが〔ふところ紙〕を出してこれを小さく裂《さ》き、つばをつけ、べったりと柱へはりつけたものだ。

金五郎は妻女と顔を見合わせるのみである。

「よろしいか……」

金五郎夫婦を見やった〔小父さま〕が、あっという間もなく大刀を引きつけ、柱へ向って抜き打った。

「ぴかっと光ったとおもったとたんに、もう鍔《つば》鳴りがして、刀は鞘へおさまっていたよ」

と、後年、山口金五郎が語っている。

茫然《ぼうぜん》としている金五郎夫婦へ、

「柱をみてごろうじ」

いうや、小父さまの姿がすっと廊下へ出て、そのまま、外へ……。

気づいた金五郎が、

「与平。追いかけろ!!」

叫んだが、この前と同様、与平が駈け出したときには〔小父さま〕の姿はどこにも見えぬ。

「ああ、畜生……」

がっかりとなった金五郎へ、妻女のお浜が、

「あの、あの、旦那さま」

「なんだ!」

「は、柱を、この柱を……」

「なんだと?」

ここではじめて金五郎が、柱を見た。

柱にはりつけた紙片が真二つに切られている。

それはよいのだが、おどろくべきことに、柱へはかすり傷もついていない。

「ふうむ……」

山口金五郎が青ざめて、

「こ、こいつは、すさまじい……」

「は、はい」

と、お浜も女ながら、その手練《しゅれん》と早わざに眼をまるくしている。

「しまった。あのお人の名もきかなんだ……」

と、山口金五郎が夢からさめたようにいい出したのは、それからしばらくたってからのことである。

「どういたしましょう」

「こいつは、困った……」

「杉のお屋敷へは、なんと申したら……」

「あんなところはかまわねえ。それよりも、おれは虎めのことが心配でならねえのだよ。こいつはどうも……まったく困った」

三

虎之助と〔小父さま〕が行方知れずとなったままに、六年の歳月がすぎ去った。

すなわち、安政六年初夏の或る日のことだが……。

三日ほど前に、鉄砲洲《てっぽうず》にある松平遠江守《とおとうみのかみ》屋敷内の中間《ちゅうげん》部屋でひらかれていた賭場へ出かけ、めずらしく二十余両がふところにたまった山口金五郎は、

（久しぶりだ。寿命《じゅみょう》をのばしてくるか……）

石原のわが家へはもどらず、そのまま、深川の岡場所の一つである〔新地〕へ駈けつ

けたものだ。

岡場所は、官許をされていない遊里のことで、深川にも二十カ所ほどある。

その中でも〔新地〕は、それと知られた岡場所で、ここの私娼については、当時、深川随一といわれた富岡八幡宮門前・仲町に次ぐものとされていた。

〔新地〕は、永代橋をわたって深川の地へ入り、大川沿いを南へ……越中島の突端から南岸にかけ、大小の妓楼《ぎろう》が軒をつらねている。

ここは埋立地であって、町家がゆるされ、料理茶屋がたちならびはじめたのは、享保《きょうほう》のころであるという。

金五郎行きつけの店は、新地橋をわたって右がわの三好屋で、ここの〔花住《はなずみ》〕というのが、金五郎なじみの女であった。

「さ、くりこもうぜ」

と金五郎は、松平屋敷の賭場で知り合った、これも深川の船頭で伊助という四十男をつれ、まさに、

「天にものぼるいきおい」

というやつ。

来年は四十になろうという山口金五郎なのだが、相変らず、三、拍、子、の遊蕩《ゆうとう》から足を洗いきれないとみえる。

二十両といえば、当時、江戸の庶民たちの約二年ぶんの生活費にあたる。これをきれいにつかいはたし、

「おい、伊助。久しぶりで豪勢《ごうせい》にやったなあ」

花住の、こってりとしたもてなしを二夜つづけにうけて、金五郎が上きげんに三好屋を出た。

後につづく船頭・伊助。こやつは金五郎が見上げるほどの大男だが、女より酒というので、この足かけ三日は、三好屋でのみつづけていたのだ。

この日。朝から雨で、

「む……こたえられねえのう」

くつろげた胸もとから鼻先へ這《は》いのぼってくる酒の香と、花住のおしろいのにおいに両眼を細めつつ、山口金五郎が初夏の夕闇にふりけむる雨を手にした三好屋の傘にうけながら、ふらふらと、大島川にかかる新地橋へかかった。

そのとき……。

向うの中島町から新地橋を渡って来た三人のさむらいと、金五郎がすれちがい、とたんに何かにつまずいた金五郎が、

「うわ……」

大きくよろめいた。

かたむいた金五郎の傘が、さむらいの一人のあたまをばさりと打った。

「や、これは、ごぶれいを……」

と、それでも金五郎がわびて行きかけるのへ、

「待てい‼」

「おのれ、武士のあたまを……」

「たたきのめしてやれい……」

どっと取りかこんだ三人のさむらいが、金五郎を押しつつむようにして、

「うぬ、こやつ……」

「これでもか」

めちゃめちゃになぐりつけたものである。

「な…何をしやぁがる」

わめいたが、どうも山口金五郎、腕力は自慢できるほどのものではない。病身だった兄の平右衛門とはちがい、少年のころは剣術の一手二手はならったものだけれど、近年は、

「どうも長い刀《の》は腰に重くていけませんよ」

などといい、外出《そとで》をするときも着ながしに脇差一本を横たえるのみ、という金五郎であるから、

「野郎……この、田舎ざむれえめ……」

口だけは威勢がよくとも、たちまちにころび倒れ、尚もなぐりつけられ、蹴飛ばされるのみであった。

「こいつら、金さんの旦那を……」

うしろからついて来た船頭・伊助が大手をひろげてさむらいたちへ組みついたが、なにしろ腰がぬけそうになるまで大酔《たいすい》しているのだから、たまったものではない。

「うるさい!!」

股間《こかん》を蹴あげられ、

「う、うう……」

ひとたまりもなく、橋のたもとへうずくまり、うごけなくなってしまう。

(あ……もう、いけねえ……)

橋板に伏し倒れて、さむらいどもの暴行をうけつつ、鼻血だらけの金五郎は黒い地の底へ引きずりこまれるようになった。さむらいたちの暴行が、ぴたりと熄《や》んだのは、このときである。

(あ、どうした……?)

辛《かろ》うじてくびをもちあげた山口金五郎は、倒れている自分を後手にかばい、三人のさむらいと相対している若者を見た。

と……。

その若者が、

「叔父上。大丈夫ですか？」

こういったではないか。

金五郎は、耳をうたぐった。

「久しぶりでございましたね」

「あ……ああっ、お前、虎之助……？」

「はい」

ふり向いたその顔を見たとき、金五郎は、

「声にはたしかにおぼえがあったが、顔は別人にみえた」

そうである。

顔ばかりではない、その躰つきも見ちがえるばかりだ。

背丈こそ高いとはいえぬが、みっしりと肉づいた体軀の虎之助が、腰を落し、

「よせ、よせ」

悠然《ゆうぜん》として、さむらいたちへ声をかける。

さむらい三人、すでに大刀をぬきはらっていた。

橋の両たもとへ、野次馬が群がりはじめた。

「おい……と、虎か……お前が虎かよ？」

夢を見ているかのごとく、半身を起して、うわごとのように問いかける金五郎叔父へ、

「叔母上には、おかわりもございませんか」

背を見せたままいうのが、いかにも落ちつきはらっている。

この間に、さむらい三人は刀をかまえ、じりじりとせまって来たが、なにぶんにも橋の幅がせまいものだから、一度には斬ってかかれないらしい。

「叔父上、もっとうしろへ……」

と、根が生えたように橋の真中へ立った杉虎之助が、

「うごけますか？」

「う、うごける……」

「さ、早く……」

「お前も、早く、逃げろ」

四つん這《ばい》になり、橋の北たもとへ逃げた金五郎がふりむいたとき、さむらいの一人が気合声を発して、虎之助へ斬りつけた。

変貌

一

「あぶないっ……」

山口金五郎が、必死の声をふりしぼった。

それはそうだろう。

いかに、

（別人のように……）

成長した甥を、六年ぶりで見たからといっても、金五郎叔父の脳裡《のうり》に在《あ》るものは、あのか細くて、おもうこともいえず、子どものくせにいつもいつも、たよりなげな咳をもらし、うじうじとあたりに気をつかってばかりいる虎之助だったのである。

白刃をぬきつれた三人の屈強の男を相手にしたところで、

（どうにもなるものではない）

のだ。

「ああっ……」

金五郎は、地に這ったたままたまりかねて、両手の爪で土をかきむしるようにした。

橋の上にもつれ合った二つの影が、ぱっとはなれたとき、その一つが橋のらんかんを越え、まっさかさまに大島川へ落ちこんだのを見て、

（虎めが斬られた……）

と、おもいこんだからだ。

ところが……。

金五郎は、またも瞠目《どうもく》した。

杉虎之助が、依然、橋上に同じ姿勢のまま、立っているのに気づいたからである。

虎之助が橋の上にいる以上、川へ落ちたのは、かのさむらいの一人であることになるではないか……。

「おのれ!!」

「くそ!!」

残る二人のさむらいは、野次馬の歓声をきいて、すっかり逆上してしまったらしい。

今度は幅一間《けん》の橋の上へ、二人が白刃をつらね、虎之助へ肉薄して来た。

「よしなさい」

虎之助が、さわやかにいった。

「むだなことです」

この言葉が、二人をさらに憤激させた。

「たあっ!!」

右手のさむらいが双手《もろて》の突きを入れてきた。

まだ刀の柄に手をかけていない虎之助の躰が、ふわりとうごいた。

突きこんで来た男の刃をかわした虎之助が、こやつには少しもかまうことなく、別の一人の前へするすると近寄りざま、

「む!!」

はじめて、低い気合声を発した。

「わあっ……」

と、またも野次馬が、よろこびの声をあげた。

さむらいがまた一人、宙に舞って大島川へ、あたまから落ちこんで行ったからである。

突きをかわされて、たたらをふみつつ振り向いた残った一人が、信じられない、といったような顔つきになった。

そして、その顔つきが空間に貼りついたまま、彼はくたくたと橋の上へくずれ伏して

しまったのだ。

虎之助の腰で、わずかに鍔鳴りがした。まさに、眼にもとまらぬ早業《はやわざ》であった。

二人目を川へ投げこみざま、虎之助が身を返して抜き打ちに残る一人を撃ったのである。

「気をうしなっただけですよ」

虎之助が金五郎へいい、

「さ、早く……」

叔父の腕を、わが肩へまわしてやり、

「どこかで駕籠を……や、あそこに駕籠がいる。これはちょうどいい」

その駕籠かき二人は、橋の北たもとで、虎之助のあざやかなはたらきを見ていたらしく、

「へい。若旦那」

横合いから駈け寄り、山口金五郎の躰を虎之助からうけとり、駕籠へ押し入れ、

「それっ!!」

さっと駕籠をあげた。

「たのむ」

「ようござんすとも」

後を追って取り巻こうとする野次馬の群れを突きやぶるようにして、駕籠と虎之助がふりけむる雨の中を見る見る遠ざかって行くとき、大島川の水から、ずぶ濡れになった二人のさむらいが、河岸道へ這いあがり、こやつどもは、橋上に失神している仲間を助けようともせず、いっさんに逃げてしまった。

二

虎之助につきそわれた駕籠が、本所・石原の山口家へ向ったのはいうまでもない。

途中、

「しまった……叔父上。あなたにつきそっていた男を忘れてきてしまいました」

虎之助が、駕籠の中へ声をかけると、

「あいつは深川の船頭《ところ》だ。心配するにゃあおよばねえわさ」

と、金五郎はすっかり元気をとりもどしてい、

「いや、それにしてもおどろいた。いやはや、ほんに、びっくり仰天《ぎようてん》つかまつった……」の連発であった。

石原町の家へ駕籠がついた。

虎之助が駕籠から出た叔父を、こわれかけた板塀へ形ばかりについている屋根無し門

の内へつれこむと、

「あ……お帰りでございますよ」

老僕の与平が、裏手から飛び出しつつ、家の中へ声をかけた。

虎之助が与平を見て、

「お……久しぶり」

うなずいて見せたが、与平はまったく気づかず、妙な顔をしている。

「痛、痛……」

金五郎が顔をしかめた。

あれほどに撲《なぐ》られたり蹴られたりしたのだ、痛いのもむりはない。

「あれ……どうなさいました？」

玄関へあらわれた妻女のお浜。これも虎之助をそれと気づかず、

「これはまあ、どちらさまでございましょうか。あるじがすっかり御厄介をおかけ申しまして……」

手をついて、あいさつをした。

大酔したあげく、他人の世話をうけて、家へかつぎこまれて来ることなど、めずらしくはない山口金五郎であった。

虎之助が、くすりと笑った。

金五郎がお浜へ、

「間ぬけめ‼」

「何をまあ……あれまあ、そのように血だらけとおなりになって……あ、泥だらけ……」

「ばか、ばか‼」

「なにが、ばかなのでございますか」

お浜も怒って、屹《きっ》と金五郎をにらみつけた。

「ばか。間ぬけ。よく、この男の顔を見ろ」

「え……？」

「まだもうろくをする年齢《とし》でもあるめえ。おれなざあ、すぐにわかったぞ」

「このお方が、あの……？」

「まだ、わからねえのか。おい、虎之助よ。お前もとんだ叔母ごをもって、まことに気の毒だ」

「え、……」

お浜の顔色が変った。

「こ、このお方……あの、虎ちゃん……？」

「叔母上。久しぶりでございます。おかわりもなく、うれしく存じます」

「まあ……」

といったなり、お浜は絶句してしまった。

与平も玄関傍《わき》から、虎之助の横顔をのぞきこみ、呆気《あつけ》にとられている。

よくよく見れば、むろん、わからぬはずはないのだが……。

それにしても、変れば変るものである。

杉虎之助は、生まれつき双眸《そうぼう》がくろぐろと大きかった。

六年前までの彼にとっては、その大きな眼が、むしろ似つかわしくないといえたろう。

あの、風にも吹きはらわれそうな細い小さな躰。やせこけた灰色の顔貌。金五郎叔父にいわせると「金火箸《かなひばし》のように細い鼻柱」の虎之助の両眼だけが大きく張っているというのは、義母のお峰にいわせると、

「まあ、気味の悪い……」

ということになる。

金五郎叔父でさえ、

「虎めが、こう、凝《じつ》として、たよりなげに肩をすくめていながら、あのぎょろ眼でこっちを見つめてくると、おれも何か、うす気味わるい」

と、お浜にもらしたことがあったほどなのである。

いま、その虎之助の両眼がすこしも不釣合ではなくなっている。

両眼の下の頬の肉がくっきりともりあがり、その肉づきに下瞼が圧《お》され、どちらかといえば切長の眼になっているのであった。

鼻すじにも肉が脹ってい、唇《くち》が凜《りん》と引きしまっていた。

それだけでも、おどろくべきことなのに、地に根が生えたような腰のすわりようといい、折目も正しい薩摩絣《さつまがすり》と焦茶《こげちゃ》の袴につつまれた虎之助の体軀のふとやかなことは、

「これが、あの……？」

と、お浜は、まだ信じられない顔つきであった。

とても、十九の若者にはみえぬ。

「でも、声はたしかに虎ちゃん……いえ、虎之助さん」

「ばか。まだ、いってやぁがるわえ」

ようやくにお浜もなっとくしたが、部屋へ入ってから山口金五郎が、

「女房のお前に、恥をさらすのも気がすすまねえのだが、実はな……」

先刻の一件を、つぶさに語りはじめるや、

「ま、そんな……うそでございましょう」とか、

「虎之助さんが、まさか……」とか、

「おからかいになっても、だめでございますよ」

とか、ついにお浜は、虎之助の活躍を信用しなかった。

そのたびに、金五郎は「ばか、ばか!!」と躍起《やっき》になるのだが、

「まあ、旦那さまときたら、いつもこう、口から出まかせをおっしゃる。ねえ、虎之助さん」

虎之助はさからわず、にやにやと、この叔父夫婦をながめているのみであったが、ふっと立ちあがり、次の間でぐっすりと、ねむりこんでいる十三歳のお千代の寝顔を見に行き、

「ふうむ……大きくなったものだな」

つぶやく声が、金五郎夫婦の耳へ入った。

夫婦は、おもわず顔を見合わせている。

三

やがて……。

虎之助が金五郎叔父の怪我の手当にかかった。

切傷はほとんどなく、打撲傷であった。

虎之助は、叔父を素裸にし、夜具の上へ茣蓙《ござ》をのべさせ、これへ仰向けに寝かせておいて、

「叔母上。ごめんどうながら熱い湯を桶に‼……それから酒をたっぷりと……」

「お酒を？」

「はい」

「おい、虎之助。いってえ、おれをどうするのだ？」

と、金五郎もこころ細げにいう。

「いまのうちに手当をしておかぬと、明日は厠《かわや》へもまいれませんよ」

「え……」

「相当にやられましたね」

「面目《めんもく》もねえ。ああ、もう……お前に、ああしたざまを見せたくはなかった……」

はこばれて来た角樽《つのだる》の冷酒を茶わんにつぎこみ、これを口にふくみ、虎之助が叔父の全身へ吹きかける。

「あ、ああっ……、おい、しみるよ。こいつはたまらねえ」

「これからですよ、痛いのは……」

次いで熱湯でしぼった手ぬぐいで、金五郎の全身をたんねんにふきとる。

「あ……うう……」

「気もちがよいでしょう、叔父上」

「ご、極楽《ごくらく》だ……」

「今度は地獄ですぜ」

と、虎之助が、が、ら、り、伝法《でんぽう》な口調になって、

「それ、どうだ」

ぐいぐいと金五郎の躰をもみはじめた。

「うわ……痛、痛……よせ、あ、ああっ……」

悲鳴を発してのたうちまわる金五郎が、それでも虎之助のひ、ざ、に押えつけられ、逃げることもできぬ様子であった。

お浜は、茫然として、この態《てい》を見まもっている。

父の悲鳴に気づいて起きて来たお千代が、これを見るや、

「あ……虎之助さん」

ずばりといったのには、お浜もびっくりしたという。

「いったい、お前は何処にいたのだ?」

手当が終って、ぐったりと夜具に横たわり、ようやくに金五郎が、

「どう考えても、ふしぎでならねえ。六年前のあのとき、ほれ、あの、やせこけたさむらいが、お前をあずかると、こういって、おれがとめるひまもなく、どこかへ消えてしまい、どうにもこうにも、おれはお前を……」

「申しわけもありませぬ」

「あれからお前……？」

「江戸は、六年ぶりですよ、叔父上」

「では、あれからあの男と、お前、江戸を出たのか？」

「はい」

「何処へ行った？」

「いろいろと……」

「なに？」

「近江、上方、中国すじから、西国へもちょいと……」

「行ったのか？」

「はい、先生と」

「先生……ではお前、あの男の弟子に……ほんとうかえ？」

「ほんとうです」

「ふうむ……」

「ま、今夜はこれぎりにしておきましょう。おやすみ下さい。あ、ときに……父上は御変りもありませんか？」

「相変らず、よくも死にもせず御役大事につとめているらしい。といってもおれはな、お前が行方知れずとなってこの方、めったに兄貴の面あ見ねえのよ」

「さようで……」

「あんな親父でも、気にかかるのか」

「ふ、ふふ……」

「や。妙な笑いようをするじゃあねえか」

「さ、おねむり下さい」

「お前、江戸へ、あの男ともどって来たのかえ？」

「先生は、後からまいられます」

「どこに住んでいるのだ？」

「私ですか……一昨日、着いたばかりですから、まだ別に……」

いいさして虎之助が、お浜へ、

「すこし、いただきます」

大きな茶わんへ、残っていた冷酒をそそぎ、軽く三杯、こくこくとのみほすのを見て、
金五郎もお浜もお千代も、ただもう、おろおろと顔を見合せるばかりなのである。

台所口から与平が顔を覗かせ、これを見て、わなわなとふるえ出したものだ。

「お、お前、深川の、あんな場所へ、いってえ、な、何をしに……？」

ようやく、金五郎が問いかけるや、虎之助はのみほした茶わんをしずかにおき、

「お千代は向うへいっておいで」

と、いった。

以前は、あれほど虎之助をいやがっていたお千代が、いかにも素直に、

「はい」

うなずき、寝間へ去って行くのである。

それを見送ってから、虎之助がはなったことばに、金五郎夫婦は、またも眼を白黒させるばかりであった。

虎之助は、こういった。

「叔父上。そりゃあ、女を抱きに行ったのですよ」

雨の百歩楼

一

山口金五郎夫婦が惘惑《もうわく》したのも、むりはなかったろう。

あまりにも、虎之助の過去と現在とが飛躍しすぎている。

ややあって……。

「ふうむ……」

金五郎が、ふかい吐息をもらし、

「おれだとて、十九の年齢《とし》には、女を知らねえわけでもなかった……」

躰の痛みも忘れ、床の上に半身を起して瞬《まばた》きをくり返しつつ、尚も信じられぬ、といったふうに、

「いま、お前は一体、なにをして暮しているのだえ？」

「別に……」

「先生に食べさせていただいております」

「先生……あの男？」

「はい。先生の御名は、池本茂兵衛と申され、号を眠牛《みんぎゅう》といいます」

「みん、ぎゅう？」

「すなわち、眠っている牛、ということでしょう」

「ははあ……」

ぽかんと口を開けたままで、金五郎叔父が、

「その眠牛先生が、弟子のお前に、女あそびの金をくれる、のかえ？」

「はい」

「ふうん……」

「女を抱くのも、剣術修行の一端《たん》ですから……」

「何だと……おい、これ。この叔父をこけにする気か」

「とんでもない、まことのことです」

と、虎之助は神妙にこたえるのである。

「ふざけるな」

「女の躰を抱くときの、さす手ひく手が、たいせつな稽古ともなり、吐く息、吸う息も整息《せいそく》の鍛練になるのですよ」

「せい、そく、だと……？」

「はい、呼吸をととのえる術のことですが……」

お浜が、まじめくさって、平然とのべたてる十九歳の甥の横顔から視線をはずし、

「ぷっ……」

吹き出したものだ。

金五郎も、狐につままれたような表情を解きほぐして、

「あは、は、は……虎めは、冗談が達者になったわ」

「さようでしょうか」

「だってお前……いや、それはさておき、ともあれ先刻の、お前のはたらきぶりには、おれもまったく肝《きも》が冷えたよ。こいつはまさに、その、眠牛先生御丹精《たんせい》のたまものなのだろうよ」

「そのとおりです」

「まさか、虎之助さんがそのような乱暴を……」

と、まだお浜は信じられぬらしい。

「ばか。乱暴をはたらいたのは、相手の三人だ。それが証拠に、このおれの躰を見ろ、

虎之助が来合わさなんだら、とっくにあの世へ行っている」

「はあ、それは……」

今度は夫がむきになっていいたてるものだから、さすがのお浜も、あらためて新しい驚嘆が、少しずつ、胸をひたしはじめるのをおぼえた。

「この六年の間のことを……さ、この叔父にきかせてくれ。な、たのむ」

「私も、うかがいたい」

するとと虎之助が、

「夜も更《ふ》けました。はなせと申されても、別だんのことは……」

「いや、そうでねえ。あんな肺患病《ろうがいや》みの子鴉《こがらす》みてえなお前が……たった六年で、こんな男になろうというのは、こいつ、なみなみのことではねえはずだ……」

「いえ……ただもう、池本先生にしたがい、旅から旅をつづけてまいっただけのことです。さ、叔父上。今夜はもう、これほどにしておかぬと、明日がこたえます。先程の治療で、もう大丈夫とはおもいますがね」

立ちあがった虎之助が、

「では……」

「どこへ行く?」

「深川へもどります。女のもとへ身のまわりのものをあずけてあるので……」

「おい、お前……」

「まだ、江戸におります。一度ゆるりとお目にかかりましょう、叔母上」

「はい、はい……」

「おい待て。三味線堀の親父には会わぬつもりか」

「いまのところは別に、……人と人が会うべきものならば、むりにせずとも、かならず会えるでしょう。いま私が前へ出て行っては、父上を苦しませるだけのことではありませぬか」

「知っているのか、お前。杉の跡つぎが源次郎にきまったことを……」

「池本先生より、うけたまわりました」

「へへえ……？」

「ごめん下さい」

と、その一言が金五郎夫婦の耳へ入ったときには、すでに杉虎之助は小廊下から玄関へ……。

夢からさめたように、あわててお浜と与平が、それぞれに飛び出して行ったけれども、山口金五郎は舌うちをして、こうつぶやいた。

「なに、もう間に合うわけがねえ」

二

その娼妓《おんな》、源氏名を〔歌山《うたやま》〕という。

年齢《とし》のころは二十二、三にもなろうか。大柄な、ぼってりとして額《ひたい》の張った顔《おも》だちなのだが、低い鼻や、しゃくれたあごを見ても、

「新地には、めずらしいほどの醜女《ぶおんな》」

だということで、むろん、あまり売れてはいない。

「そりゃもう、肌身はぬけるように白いのだが、あごより低い鼻なぞというのを、どうも何だね、手前の眼の下に見たときに、こいつに金をはらうのかとおもうと、とたんにその癪《しゃく》に障《さわ》って、逸《はや》るこころがげんなりと来るね」

と、口のわるい客がいったそうな。

その、げんなりと来る顔を男の胸に埋め、

「ああ、もう、意地悪な……これじゃあもう、三日がほどは腰も立ちませんよう」

などと歌山、うっとりと両眼をとじ、男の胸肌を舌の先でちらちらとなぶっているところなぞは、なかなかどうして色っぽいものではないか……。

男は、杉虎之助。

昨夜おそく、ここへ戻って来て、歌山ひとりを買いきり、今朝から座敷を一歩も出ずに、またも夕暮れを迎えたわけだ。

雨は、まだ熄《や》まぬ。

先刻、大川（隅田川）を舟で来て、舟着場のある大島川から百歩楼へあがった五人づれの客が陽気にさわぎはじめたらしく、階下の広間から、絃歌《げんか》がわきたつようにきこえている。

虎之助は押し黙ったままではあるけれど、あくまでもやさしげな眼ざしを歌山へあたえつつ、左腕でひじ枕。右手で、横たわった歌山の背すじから腰のあたりをやんわりともみほぐしてやっているのはいやはや、まことに親切なことである。

「ああ、もう……こんなのは、はじめてでござんす」

と歌山は、いっそやるせなげに嘆声をもらす。

それはそうであろう。

この若いさむらいの、ものしずかでいて、しかも丹念きわまる愛撫に、歌山の五体はしびれつくしてしまっているのだ。

歌山は、旅姿の杉虎之助が昨日の昼下がりに百歩楼へあらわれてから、ずっと相手をつとめてきた。

先ず入浴をすませてから、虎之助は、

「ゆ、ゆ、ゆるりとしよう」

歌山へそういって、酒を運ばせ、

「さ、おあがり」

まるで、わが女房にでもいうがごとくに盃を歌山へやって、酌をしてやる。

もうそれだけで、ふだんは売れぬ妓《おんな》だけに歌山は、

「あれ……うれしゅうござんす」

いっぺんにのぼせあがってしまったものだ。

百歩楼の主人・幸右衛門《こうえもん》は、はじめてここへ顔を見せた虎之助が、

「池本先生より、あるじどのへ……」

と出した一通の手紙を読み終えるや、

「万事、心得ておりまする」

まことにゆきとどいたもてなしぶりであった。

こうしたことは、池本先生と虎之助の〔生活〕の中では、めずらしいことでもないのだ。

百歩楼のあるじが、はじめ、虎之助の相手にえらんだのは〔八重梅〕といって新地でも評判の美妓であった。

それを虎之助から、もっとも売れぬ妓に変えてもらいたい、と、いい出たのである。

そのことも耳にしているだけに、歌山としては懸命のもてなしぶりになったのも当然であったろう。

昨日の夕暮れになって、新地橋で、さむらいたちの喧嘩がはじまったとき、

「ちょいと見て来よう」

ふらりと出て行った虎之助が夜ふけになってもどり、待ちくたびれていた歌山へ、

「すまなかったね」

「さっき、新地の橋でおさむらいを二人も川へ投げこんだのは、旦那だとききました。ほんとうに？」

「だれが見た？」

百歩楼の者が見たらしい。

「さ、おいで」

虎之助にさしまねかれ、いそいそと肌身をすり寄せたのはよいが、それからというものは、歌山は、おのが全身がふわふわとした雲の上にでものせられ、宙に浮いているようなおもいの中に、限りもなく衝《つ》きあげてくる愉悦《ゆえつ》に酔い果て、あらぬことを口走りつつ、男の胸にしがみついたまま、

「あれ……？」

気がつくと、もう昼に近かった。

抱かれてから五刻《いつとき》（十時間）というものが、どのようにして経過したものか。

「まるで半刻（一時間）ほどのことのようにしか、おもえなかった……」

と、のちに歌山が八重梅にもらしたという。

この間。

歌山は、何度か口うつしに、虎之助が枕元の水をのませてくれたのを、うつつにおぼえているのみであった。

三

「さ、二人して何か食べようかね」

虎之助がこういって、歌山のむっちりと張った乳房から顔をはなしたのは、六ツ半（午後七時）ごろであったろうか。

「あい、あい」

と、歌山。身じまいをして座敷から出て行ったが、すぐにもどって来ると、

「あの、これを……」

折りたたんでむすんだ手紙を虎之助へ出し、

「いま、どこぞの人が、とどけて来たのだそうでござんす」

「む……」

うけとって開き、さっ、と読み下した虎之助が、

「歌山。さし向いで御膳《ごぜん》を食べようとおもったが……そうも行かなくなったようだ」

「あれ……いや、いや、いや」

いかにも低い鼻の、その鼻の穴をひくひくとさせ、歌山が切なげに抱きついてくるのへ、

「歌山」

「あい……」

「舌をお出し」

「こうでござんすかえ」

と、顔に似合わぬ可愛ゆい紅色の舌先を、ちろりと唇《くち》からのぞかせるのへ、虎之助のくちびるが軽く吸って、

「また来る」

「あれ、もう……」

「小づかいにおし」

いつの間に用意したものか、懐紙《かいし》に包んだ小判を二枚。虎之助が歌山の乳房の谷間へすっと落し入れたときであった。

百歩楼の主みずから廊下を走ってきて、

「杉さま、杉さま……」

「うむ?」

「いまの御手紙は、池本先生からの?」

「さよう」

「では、お急ぎなすって下さいまし」

「え?」

「昨日、あなたさまに川へ投げこまれました男どもが、仲間を十人もつれて、ここへ……」

「ほう……どうしてわかった?」

「どうしても何も、この岡場所では、何も彼も筒ぬけでございますよ」

「あのさむらいども、どこのだれかね?」

「なんでも本所あたりに道場をかまえている剣術つかいのところへ、とぐろを巻いているごろつきどもだそうでございます。さ、早く、ここを……」

「よし」

「裏に、舟をまわしてございます」

「すまぬな」

　虎之助が、歌山の肩先から手をはなし、廊下へ出た。階段を下り、左へまわると裏廊下で、ここが百歩楼専用の舟着場へ通じている。

　大島川に小舟が一つ。

「あるじどの。では、いずれ……」

「池本先生へ、よろしゅう」

「はい、はい」

　舟へ飛び移る虎之助を見て、中年の船頭が、

「あっ、昨夜の……」と、叫んだ。

　こやつ、まさに、昨日は山口金五郎の供をしていて、無頼《ぶらい》のさむらいどもから暴行をうけた船頭・伊助であった。

「や、お前か」

「へい。昨夜はどうも、まことに、へいへい……」

　舟が、雨の大川へすべり出た。

　百歩楼のあるじと目礼をかわしてから虎之助が、

「お、そうだ」

「へ、忘れものでも？」

「いや、ちがう。お前、山口金五郎さんとじっこんの者か？」

「へい、へい。いつもその、鉄砲洲の松平さまの賭場《とば》で、いっしょにその……」

「よし、わかった」

「へ……？」

「このぶんでは叔父上に……いや、山口の旦那にも会えまい」

「なんでございますって？」

「今度お前が金さんの旦那に会ったら、こうつたえてくれ。虎之助が急に、江戸をはなれることになった、とな」

「へい、へい」

「お躰をたいせつになさるよう、虎之助がくれぐれも申していたと、つたえてくれ。さ、これは少ないがとっておいてくれ」

「こりゃあ、どうも……」

「急いでくれ」

「がってんだ！」

暗い大川の上を、船頭・伊助がちからいっぱいに漕《こ》ぎぬき、舟を御厩河岸《おうまやがし》へつけた。

「ありがとうよ」

舟からあがった虎之助が、河岸道をまっ直にすすみ、駒形町の鰻や〔中村〕の裏手戸口から中へ入る。

この〔中村〕は、六年前に虎之助が、〔小父さま〕の池本茂兵衛と朝飯を食べ、弟子入りを熱望して、二階から飛び下りた、あの鰻やである。

入って来た虎之助を見るや、〔中村〕の亭主・房吉が、残念そうに、

「あ……一足ちがいでございましたよ」

と、いった。

男装

一

深川・新地の〔百歩楼〕で、杉虎之助がうけとった池本先生の手紙は、

「……すぐに、駒形の中村へまいるよう」

と、簡短《かんたん》なものであった。

その先生が、

「一足ちがいで出てお行きなさいました」

と、〔中村〕の亭主・房吉がいうのである。

「おことづけは?」

「へい。この御手紙を、あなたへおわたし下さるようにと……」

またしても、手紙だ。

しかし、池本茂兵衛と虎之助との旅行や生活には、こうしたことがめずらしくないのである。

その手紙、つぎのごとし。

女ひとり、おあずけ申すべくそろ。ただちに、これをともない、彦根城下へまいらるべし。彦根いうまでもなく例のところなり。道中、剣難《けんなん》あるやも知れず。おまかせ申すべくそろ。

「女とは？」

問いかける虎之助へ、房吉が目顔で二階を指して見せた。

「いるのかね？」

「へい」

「どんな？」

「若い女の方でございますよ」

「どういう？」

「ま、武家方のむすめさんでございましょうね」

五十男の房吉は、六年前に、少年だった虎之助が、この店の二階から飛び下りたことを知っている上、今度、虎之助が池本先生と共に江戸へもどってから二度ほど顔を合せている。

板場のほうから、鰻を焼くよいにおいがたちのぼっていた。

「腹がすいた」

ぽつりと、虎之助がいった。

「へい、へい。すぐに、ただいま」

「たのむ。私は、あぶらの乗っていないところが好きなのだ」

「承知しておりますとも」

「酒も、たのむ」

「よろしゅうござんすとも。さ、二階へおあがりになって下さいまし」

するとと虎之助が、もじもじとして、

「ここでいい」

と、いうのだ。

折しも帳場のほうからあらわれた房吉の女房・おかねが笑って、

「なんでございますよ、杉さま。新地へ三日も流連《いつづけ》をなさるお方が、なにも若い女が一人や二人、いたからといって、遠慮なさることもあるまいじゃあございませんか」

「いや……それが、いけない」

「なにが、いけないので？」

と、房吉。

「いや、その……どうも、めんどうで……」

なんと、杉虎之助が顔をあからめている。

先刻、百歩楼上の別れぎわに、歌山へ「舌をお出し」などといい、うっとりと唇の間からのぞかせた彼女の舌をちろりと吸って、豊満な乳房の間へ「小づかいにおし」と、まるで四十男の口調でいいながら、小判二枚を落してやった同じ男とはおもえぬような照《て》れようなのである。

房吉夫婦が、おもわず顔を見合せるのへ、

「どうもね……」

虎之助が、あたまを掻いて、

「しろうと女には、口もきけない」

「ばかをいいなすっちゃあいけません」

房吉は、本気にしなかった。

「さ、二階へあがって下さいましよ。何しろ、池本先生からの、たいせつなおあずかりものでございますからね」

虎之助の脳裡《のうり》に、茂兵衛の手紙の中の「……途中、剣難あるやも知れず」の文言《ぶんげん》がよみがえってきた。

「その女、何か食べたのか？」

「はい、いましがた、中串をぺろりと……」

「ふうん……」

「そりゃあ、もう、びっくりするほど、おきれいな……」

と、これは〈中村〉の内儀《おかみ》だ。

「ふうん……」

「さ、早く、あがって下さいましな」

「よし、行こう。だが、私の膳は別の……となりの部屋へでもはこんでくれ。いいな」

「心得ておりますとも」

そこで、虎之助は裏階段から二階へあがって行った。

〈中村〉は、このあたりでも有名な鰻やで、口のおごった蔵前の札差たちも、よく利用をするとか。

職人から女中、下働きを合せて十五人もの奉公人がいるし、二階には大広間もある。

内儀は、二階の、もっとも奥まったところにある小部屋へ、虎之助をみちびいた。

その部屋は裏階段にもっとも近かったし、屋根の上へもうけられた物干場へも近い。

「この部屋は、先生がおえらびになったのかね？」

「はい、さようで」

虎之助の眼が、何かきらりと光ったようである。

大広間に客はいないが、どこかの部屋で三味線の音がしていた。どこぞの客が芸者をつれて、鰻を食べに来たものであろう。

〔中村〕には、三味線が常備してあり、池本茂兵衛がこれを爪弾《つまび》く姿を、虎之助も見ている。

「ごめん下さいまし」

声をかけて、小部屋の襖を開け、中を見た女房が、

「あっ……」

おもわず、低く叫んでいた。

二

部屋の中の女は、ぬれぬれとゆいあげていた見事な島田まげを、惜しげもなく崩し、懐剣をもって、その長い髪を短かに切り絶っていたのである。

「な、なにをなさいます」

飛びこんだ女房のうしろから、虎之助も入って、うしろ手に襖をしめた。

（ふうむ、これは……）

虎之助の満面に、血がのぼっている。

見たところは、大身旗本か大名屋敷の奥につかえる侍女の風体であった。

淡く化粧をほどこしてはいるが、このような女には紅も白粉も必要ではあるまい。化粧品が顔まけをするほどの肌の白さ、くちびるの血のいろであった。

切長の眼は女に似つかわしくないというが、この女の双眸には若い女がもつ特有の凛々しさがあって、その、きらきらとかがやく眼をひたと虎之助へ向け、

「杉虎之助どのにございますか？」

さわやかに、問いかけてきた。

「さよう。杉です」

虎之助が、へどもどしながら、こたえる。

「名を申しあげます。礼子と申します」

切口上のようにもきこえるが、そのきびきびとしたいいように、かえって虎之助は気が楽になった。

妙に女らしく、なよなよとされてしまったのでは、

（どうも、あつかいにくい）

のである。

女の手ほどきをしてくれたのは池本茂兵衛であったが、これまでに虎之助が相手にしてきた女たちは、公娼私娼のたぐいのみであった、といってよろしい。

それだけに、町家のむすめならば、まだしも気やすく口がきけるけれども、武家の女、しかも若い女をどうあつかってよいのか、

(まったく困る)

のであった。

「では、すぐに、あの……」

女房もびっくりしながら、出て行ってしまった。

「なぜ、髪を……？」

かろうじて、虎之助が口をきった。

「はい。かようにしたほうが、よいとおもいまして」

「すぐに、ここを発《た》て、と、池本先生は申されていますが、よろしいか？」

「かまいませぬ」

打てばひびくがごとく、礼子のこたえが返ってくるのだ。

「さしつかえなくば事情《わけ》を、おきかせ下さるまいか？」

「さ、それは……いずれ池本先生から、おきき下されませ」

「なるほど……」

どうも、わからぬ。

わからぬが、これに似たようなことはたびたびあるのだ。

池本茂兵衛は、一度も虎之助へ語ったことがないけれども、何やら虎之助の知らぬ〔仕事〕に関係をしているらしい。

共に旅をしていて、急に、ことわりもなく姿を消すことがある。

そうした場合、いつも今度のように、手紙で落ち合う先を告げてくれるし、ときには三月も半年も、いっしょにのんびりと暮らすこともある。

茂兵衛が虎之助へ、剣術の稽古をつけてくれるのも、そうしたときだし、師弟肩をならべて、土地《ところ》の遊里へ出かけるのも、そうしたときであった。

ちなみにいうと、先刻百歩楼で歌山の肌身を抱いたとき、歌山が正気でいたなら、虎之助の胸から肩、腕、股などに、数カ所の刀の切傷の痕をみとめたにちがいない。

だが、あのとき……。

歌山は虎之助の巧妙な愛撫に、当初から身心がとろけかかり、両眼をしっかりと閉じ、悦楽の波にゆられつくしてしまい、正気にもどったときは、虎之助が百歩楼の浴衣に肌をつつんでしまっていたから、その傷痕を知ってはいない。

この傷痕こそ、池本茂兵衛みずから愛弟子の躰へあたえたものなのだ。

虎之助の剣術修行については、いずれ語るときもあろうが、とにかく、はじめから池本茂兵衛は、虎之助に竹刀《しない》なぞというものをあたえなかった、という。

三

やがて……。

となりの部屋へ、膳の仕度がととのった。

「では、失礼を」

「ごゆるりとなさいませ」

たがいに、ぎごちなくあいさつをかわし、虎之助は隣室へ行き、待っていた〔中村〕の内儀へ、

「どうも、弱った。あれを彦根までつれて行くのだとおもうと気がおもい」

「彦根のお方でございますか？」

「それは、池本先生が御存知だろうよ」

「ま、おひとつ……」

酒を盃にうけ、うす打ちの浅漬《あさづけ》でのむうち、鰻がはこばれて来た。

「いくつに見える？」

「さあ……十八か、九でございましょうか……」

耳をすますと、何やら、となりの部屋で衣《きぬ》ずれの音がきこえる。

「ありゃ、なんだ？」

虎之助が内儀に声をひそめ、

「たしかに、着ているものをぬいでいる」

「はい」

内儀も、うなずいた。

「旅の仕度をしているのか、な……？」

「何やら、大きなふろしき包みをお持ちでございましたが……」

「そうか」

「冷めますよ、杉さま」

「うむ……」

食事をすませた虎之助が、咳ばらいをして、境の襖へ近寄り、

「もし……」

「はい」

「開けて、よろしいか？」

「どうぞ」

　このとき、すでに内儀は階下へ去っている。

　襖を開けて見て、おもわず虎之助が、

「あっ……」

　瞠目《どうもく》した。

　礼子は、これまでの衣裳をぬぎすてていた。

　顔の化粧もすっかり落している。

　もっとも裸でいたわけではない。

　そのかわりに、短袖の着物に袴。脚袢《きゃはん》までもつけ、切り落して残った黒髪を眉がつりあがるほどにうしろへたばね、茶筅《ちゃせん》ふうにむすんでいる。

　完全な男装であった。

「これは……？」

「かまいませぬ」

　相変らず切口上である。

　しかし、

（美しい）

　と、虎之助はおもった。

　こういう姿になると、礼子が十四、五の少年に見えてしまう。

若い女の男装というものは、まことにふしぎなものである。

ほんらいは男の肉体がまとうべき衣裳が、たおやかな女体をつつむことによって、無意識のうちに、女のやわらかい肉体が衣裳に抵抗する。

その肉体の張りと緊張が、女を少年のようなひたむきさにさせるのであろう。

「よろしいか？」

ようやく、虎之助が乾いた口の中で、いった。

「よろしゅうござります」

しゃっきりと、礼子が立ちあがり、用意して来たらしい、大小を腰に帯《たい》した。

このとき、虎之助はまたも注目をした。

礼子が大小の刀をあつかう手さばきが、

(堂に入っている)

と、見たからだ。

(剣術の一手二手は、たしかに……)

と、感じないわけにはゆかぬ。

「さ、おともない下さい」

早くも礼子は、男の口調に変っている。

(こいつ、芝居気もなかなかのものだ)

苦笑しつつ、虎之助は先に立って裏階段を下りた。

房吉夫婦が礼子を見て、あんぐりと口をあけたまま、声も出ない。

このような女を、彦根までつれて行け、という師のことばには、やはり〔秘密〕の香りがする。

池本茂兵衛は、いつも、

「なにもきくな」

と、いう。

「虎之助がきいても詮《せん》ないことなのだ。きかずともよい」

のだそうである。

けれども、去年のいまごろであったか、京都に滞在していたとき、茂兵衛がこういったことがある。

「わしの行状をきくな、と、お前にはいっておきながら、いまのわしは、お前をたよっておるようじゃ。いかぬ、いかぬとおもいながらも、手紙をたのんだり、用事をたのんだり……ま、ゆるしてくれい。こうしたことも、うまくゆけば、あと三年ほどで終ろうよ」

虎之助が、さらに奇異の感をおぼえることは、池本茂兵衛のふところに、金が絶えないことであった。

旅をまわっていて、金を得るような仕事をしたわけでもないのに、茂兵衛はぜいたくな旅行をする。

酒にも女にも不自由をせぬ。自分ばかりか、弟子の虎之助へも、じゅうぶんにふるまうのであった。

「虎之助よ。お前は、わしの剣法をついでくれればよい。それだけでも男一代の仕事なのだ。他のことにくびを突きこまずともよい」

という師のことばを、虎之助は素直にきき入れている。

事実、そのとおりだと、おもうからであった。

礼子をともない〔中村〕の亭主夫婦に見送られ、外へ出ると、雨は熄《や》んでいた。

御厩《おうまや》河岸に、池本茂兵衛が舟の仕度をしておいてくれた。

中仙道

一

この夜……。

杉虎之助と礼子を乗せた小舟は、大川（隅田川）を荒川へ入り、足立郡・川口（現・埼玉県川口市）の宿場《しゅくば》に近い岸辺についた。

船頭の顔は笠にかくれていて、よくわからなかったけれども、

（池本先生が手配してくれた舟だから……）

すこしも心配はないのだ。

舟の苫《とま》の中には、虎之助が予想したごとく、彼の旅仕度と、旅中の費用がたっぷりと用意されてあった。

「杉さん、とおっしゃいますかえ？」

舟が大川へ出ると、船頭が、ふとい濁声《だみごえ》で問いかけてきた。

「そうだ」

「池本先生がね、中仙道《なかせんどう》を行け……そうつたえてくれろということで」

「わかった」

「舟を川口へ着けやす。川口に、なんでも和泉《いずみ》やという休み茶やがあるそうで。そこにひとやすみしてから、お発ちなせえ」

「うむ」

「二人とも、かたまって、その苫の中へもぐっていて下せえよ。近ごろは大川すじもいろいろとやかましいのでね」

つまり、二人が人目にたってはならぬと、いうことなのである。というよりも、礼子が、

（だれかに追われているのを、先生が逃がしてやろうとしている。どうも、そうらしい）

先刻から虎之助は、そうおもっていた。

苫の中へ身を寄せ合うと、男装の礼子のからだがにおう。

甘く、健康な、若い女の体臭なのである。肩と肩、腕と腕がさわると、礼子のからだのふくらみが、いやでも虎之助へつたわってくる。

（女にしては、肉《しし》おきがひきしまっているな）

虎之助は冷静であった。

いまの虎之助の性慾は、いささかも内訌《ないこう》するところがない。

どうやら、武芸の修行をつんでいるらしい女の肉体よりも、虎之助にとっては、百歩楼の歌山の骨なきがごときやわらかい肌身のほうがよいらしい。

ただ、こうした若い娘を、どのようにしてあつかったらよいのか、経験がないだけに、

(それが、めんどうな……)

だけなのだ。

舟は、ゆっくりとすすみ、わざと急がぬらしい。

凝《じっ》と、身を寄せあっているうちに、礼子の呼吸が、押えようとしても押えかねた様子に昂《たか》まってくるのを、虎之助は知った。なにか、妙な気もちである。

(このむすめ、いったい、どういう……?)

すると、礼子が沈黙に堪《た》えきれなくなったのかして、

「杉さまは……あの、池本の小父さまと……」

「おじさま……」

「はい。それで何年も、長く、ごいっしょなのでござりますか?」

「え、まあ……」

「あなたさまは、池本の小父さまと、どのような?」

「それは、先生におきき下さい」

「ま……」

急に、礼子が、それまでのていねいな言葉づかいをかなぐりすてて、

「さっきのお返し？」

ぐいと肩で、こちらの肩を押してきたのには、虎之助もびっくりしたものだ。

で……。

川口へ着いたときには、かすかに、朝の気配がただよいはじめていた。

船頭が二人を岸へおろし、竿を突いて舟をもどしながら、笠の内から、

「気をつけておいでなせえまし」

「あ、待て。先生は、まだ江戸におられるのか？」

「そいつはどうも……あっしにはわからねえことで」

川口宿へ入ろうとする街道の右側に、船頭が教えてくれた休み茶やがあった。

戸をたたくと、亭主の文次郎というのが起きて来てくれ、

「お名前を、おっしゃって下さいまし」

「杉虎之助」

「へい、へい。さようで……」

すぐに、戸を開けてくれる。

このような休み茶やにも、池本茂兵衛の息がかかっているらしい。

熱い粥で空腹をみたし、昼ごろまで、奥の一間でねむった二人は、和泉や文次郎に見送られ、川口から荒川の堤づたいに戸田へぬけ、ここから中仙道へ入って行った。

虎之助は、かねてから池本茂兵衛に一種の〔道中手形〕をわたされている。桜の木製で、幅一寸七分、長さ三寸五分ほどのもので、この〔手形〕については、いずれくわしくのべたいとおもうが、とにかく、これを見せさえすれば、どこの関所もスムーズに通りぬけられる。たとえ同行者が女であって、その女自身の〔手形〕がなくとも、通行がゆるされるのであった。

この手形、特種な〔身分証明書〕でもあるらしい。

ということは……。

池本茂兵衛という人物が、いま、日本全国を統治する徳川幕府から、何やら、〔特別の資格〕を、あたえられていることになろうではないか。

師も語らず、弟子もまた問おうとはせぬが、おぼろげながらそうしたことを、虎之助は感じとっていたようである。

二

旅は、よいあんばいに晴れつづきであった。

上州から信州へ、そして木曾谷をぬける中仙道の、したたるような青葉の中を、虎之助と礼子が肩をならべて行く。

五日目ごろからは、礼子の男装もぴたりと板につき、

「杉殿。いささか疲れました。どこぞで休んでまいりましょう」

などといいかけることばつきも、少々、甲高くはあるが、なかなかどうして颯爽たるものだ。

男の姿勢で歩くのだから、神経も躰も疲れるだろうとおもうのだが、意外によく歩いてくれる。

ただ、虎之助が閉口するのは、礼子の体臭であった。

初夏の陽光をあびて街道を歩むのだから、必然、汗ばむ。

その汗にさそい出される礼子の体臭は、実になんともいえないもので、

（処女《きむすめ》とは、このように、におうものか……？）

であった。

男と男の旅ということだから、旅籠《はたご》でも同じ部屋にねむる。

すると礼子は、その部屋に小屏風などがあれば、これを二人の床と床の間に置き、おのが寝床を部屋の隅へ遠ざけ、きっちりと掛ぶとんで躰をくるむ。処女である証拠なのか、これが……?

入浴のときは、虎之助が〔見張り〕をつとめなくてはならない。めんどうで、たまったものではないのだ。

洗馬《せば》の旅籠〔こくや太郎兵衛〕方へ泊った翌朝。虎之助が目ざめると、折しも、礼子が肌着を替えているところであった。

虎之助は、ねむったふりをし、うす眼に、それをながめた。

みなぎるような血色が、礼子の喉もとから胸もとをそめている。

固く張った乳房の先の、小さな、まるで小豆の粒ほどの乳首《ちくび》に、虎之助は瞠目《どうもく》した。

彼が肌身を合せた女たちに、このような乳首をもったのは一人もいなかった。

肌着を替えつつ、礼子がこちらを凝視《ぎょうし》している。するどく見つめている。

それほど、こちらを警戒するのなら、屏風のかげへでも入ってしたらよさそうなものだのに、むしろ、おのが乳房を虎之助の寝顔へ見せつけるようにし、肌着を替えている礼子なのだ。

(どうも、こういうむすめは、わからぬ)

かるく寝息をたてつつ、虎之助は急に、胸がさわいでくるのをおぼえた。

（あした乳房《ちち》が、あったものかな……ふうむ……）

洗馬へ泊ったのは、江戸を出てから七日目のことだから、二人とも、かなりの速度で来たことになる。

十日目は、木曾の妻籠《つまご》。

十二日目が、美濃の国へ入って、太田泊りであった。

旅籠は〔磯屋茂太郎〕方である。

夕食の膳に、すばらしい鮎が出た。

その鮎の塩焼きを箸でむしりつつ、礼子が、

「ね、杉さま」

「なんです？」

「今日、あの、もい、もちの木坂とかいうところを下っていましたとき、うしろから来た五人づれが、私どもを追い越して行きましたね」

「え……あ、そうだ。旅のさむらいが五人、たしかに……」

「私は、笠をかぶっていました。しかも、男の身なりで、あなたの足もとへ屈《かが》みこみ、わらじのひもをむすび直していましたね、あのとき……」

「そうでしたかね……む、たしかに、おぼえている」

「だから、あの五人づれは気がつかず、通りすぎてしまったのです」

「何に気がつかなかった……？」

「わたくしに」

「ほう……」

「わたくしを追って来たのです」

「なぜ、それがわかります？」

「あの中の二人を見知っています、わたくしは……」

「なるほど」

「これだけは申しあげておきましょう」

「どれだけを？」

「また、おからかいになる」

「別に……」

「あの五人は、いずれも、江戸の薩摩屋敷の者たちです」

ここに至って、杉虎之助も言葉が絶えた。

つまり……。

薩摩の国・鹿児島七十七万石の大名、島津家の江戸藩邸の士《もの》が礼子を江戸から追跡《ついせき》して来た、ということになる。

また、そうした礼子を池本茂兵衛が逃がしてやろう、としていることにもなるではないか。

これは、虎之助から見ても、

（ただごとではない）

のである。

三

太田の翌日は加納泊りで、加納を発った朝は、灰色の雲がたれこめていた。

風が、なまぐさい。

この風が、やがて来る雨を予告しているようだ。

今日は、戦国のころ東西両軍の大決戦がおこなわれたという関ヶ原の山峡をぬけ、醒《さめ》ヶ井泊り。いよいよ明日、彦根城下へ入るつもりであった。

二人は岐阜をすぎ、濃尾平野の西方にのびる街道が伊吹・鈴鹿の両山脈へ吸いこまれるあたりへ向って、足を速めた。

関ヶ原の山峡は、天候がさだまらぬ。

もしやすると、

「もう、雨が落ちているかな」

虎之助のつぶやきに、礼子はこたえなかった。

「どうかなされたか？」

笠の内をのぞきこむと、礼子が足もとめぬまま、にっと笑いかけてきた。

だが、笑っているのは口もとだけであった。

彼女の切長の両眼が、異様な光りをたたえ、虎之助を見つめている。

「杉さま……」

「む？」

「もしやすると……すでに、見つけられたやも知れませぬ」

「あの、五人づれに？」

「はい」

「なぜ？」

「そのような気が、いたします」

「ふむ……では、どうします？」

「前へ、すすむよりほかに仕方はありますまい」

「あなたが、それでよければ……」

「よろしゅうございます」

また、例の切口上になってきている。

合渡《ごうど》の川をわたる。ここは徒歩わたりだ。

雨が落ちてきたのは、このときであった。

それほどのこともないらしい。

しかし一里ほど行って、美江寺《みえじ》の宿場へかかったとき、にわかに雨勢がつよくなりはじめた。

宿場へ入る手前の右手に、茶店が見えた。

「さ、早く……」

虎之助が礼子の腕をつかみ、その茶店へ駈けこんだ。

「これは、ひどい」

呆気《あっけ》にとられるほどに、雨がたたきつけてくる。

「このあたりは、まくわ瓜《うり》が名物でね」

礼子にいい、虎之助が笠のひもへ手をかけ、

「おい、酒を……」

いいかけて、はっとなった。

うす暗い茶店の奥で、亭主らしい老爺《ろうや》が、凍《こお》りついたような顔をこちらに向けている。

その口もとがわなわなとふるえているのを、たしかに虎之助は見た。

(……?)

礼子を見やると、彼女は塗笠をかぶったまま、茶店の土間へならべられた腰かけの間に立ったまま、身じろぎもせぬ。

街道には、人影もない。

と……。

礼子の左手が、そろりと腰の刀の鍔《つば》ぎわへかかった。

それまで、亭主のほかに人の気配もないようだった茶店の奥から、黒い影が二つ、浮かびあがった。

その二人の手に刃《やいば》が青白く光った。

「あらわれたね」

ささやきかける虎之助へ、礼子がうなずく。

雨が白い飛沫をあげている街道へ、どこからともなく旅姿のさむらいが三人。

この三人も、すでに抜刀している。

合せて五人。まぎれもなく先日の五人づれだ。

「なにか、用か?」

虎之助が茶店の奥へ声をかけると、

「おはん、何者《もん》じゃ?」

あきらかに、薩摩なまりで、

「その女に用事なごわす。おはんな、どいてもらいたい」

「それは困る」

「何!!」

「これは女でない。男で、おれのつれだ」

「だまれ!!」

わめいた一人が、飛び出して来て、虎之助の側面へまわりこみ、

「どかぬと、斬りもすぞ」

そやつよりも、虎之助は、まだ奥にたたずんでいる男に注目した。

(あいつは、できる)

であった。

だらりと、ひっさげたままの剣に凄味《すごみ》がただよっている。

「かまわぬ。やれい!!」

と、これは街道の三人が、いっせいに刀をかまえた。

「ひえっ……」

と、茶店の亭主が裏手へ逃げようとする、そのひ腹へ、奥にいた男の拳《こぶし》が沈んだ。

「う、うう……」

亭主が、土間へ倒れ、気をうしなった。

街道の一人が、茶店へふみこみ、

「おおっ!!」

おめき声を発し、礼子へ刀を突きこんで来た。

彦根城下

一

塗笠をかぶったまま、礼子が腰かけを躍《おど》りこえた。

刺客の突きは、むなしく空間へながれ、

「うぬ!!」

追い打ちをかけようとした刺客は、腰かけに邪魔をされ、たたらを踏むや、

「くそ!!」

怒って、腰かけ二つほどを蹴倒した。

礼子は、虎之助と背中合せのかたちになり、早くも刀をぬきはなっている。

「やるね」

にやりとして虎之助が、

「それなら大丈夫だ」

「外へ……」

礼子が、いった。

豪雨の最中《さなか》だとはいえ、ここは天下の往還《おうかん》である。

美江寺の宿場も近い。

しかも、まだ昼前のことなのだ。

「包みこめ!!」

刺客のだれかが叫んだ。

転瞬!!

杉虎之助の、どちらかといえば小柄な体軀が、ななめ横へ、身をひねるようにしてうごいた。

引きつづいて礼子をねらおうとしていた、あの刺客が狼狽《ろうばい》し、

「あっ……」

すぐ傍へ飛び出して来た虎之助の頭上へ、刀をまわし、

「やあ!!」

爪先き立って打ちこんだ。

これも空《くう》を切った。

燕のごとく刃風の下を飛びぬけた虎之助が、茶店を走り出るや、

「む!!」

ぐいと腰を落した抜き打ちの一閃《いっせん》に、

「わあっ……」

刀を振りかぶって、虎之助にそなえた街道の一人が、入れちがいに、茶店の中へのめりこんで来た。

虎之助にひざがしら、を切り割られたのだ。

この機を、礼子はのがさぬ。

「えい」

甲高い気合声を発し、刀をふるって、刺客たちを牽制《けんせい》するや、これも街道へ……。

「逃がすな」

茶店の土間で、刺客たちが重なり合うようにもつれ合い、礼子の背へ斬りつけたが、いずれもとどかぬ。

そして……。

礼子が走り出たときには、街道に残る一人が、刀を投げ出し、泥しぶきをあげて転倒している。

刺客たちも、これほど簡単に包囲を突破されるとはおもわなかったろう。

「馬鹿ふともん!!」

茶店の奥で、自信ありげに〈出を待っていた男〉が、大声に仲間たちを叱りつけ、猛然と街道へ駈けあらわれ、

「たあっ!!」

虎之助へ斬ってかかった。

それは、おそるべき打ち込みであった。

左足を引き、虎之助はこれを打ちはらったのだが、そのとき、柄から手、腕へ感じた相手の打撃力は相当なものだ。

そのとき礼子が、す早く虎之助の背後へ走りぬけざま、その敵の側面から颯と一太刀を送った。

敵は、礼子の一刀をかわして飛びさがり、

「こやつめ!!」

虎之助へ二の太刀を送りこめなかった憤怒《ふんぬ》の表情もすさまじく、

「この女《めろ》が!!」

と、礼子をののしった。

背丈は六尺にもおよぶ大男で、道中ろくに手入れもせぬらしい満面の髭《ひげ》が、いかにもたくましい顔貌をさらに引き立てている。

虎之助に斬られた二人は、いずれも足を深く切り割られ、いのちにかかわることはあるまいが、

「う……この……」

「ざ、残念……」

ひろいあげた刀を杖にしながら、苦痛に顔をゆがめ、泥雨《でいう》の中をころげまわっている。

この二人、戦闘不能である。

「先へ逃げろ。落ち合う場所は、美江寺の宿はずれ」

虎之助が、低くささやいた。

さすがに礼子の呼吸は荒かったが、だまってうなずき返すや、彼女はいっさんに宿場へ向って走り出した。

こうなると、虎之助を先に始末してしまわねば、

（どうにもならぬ）

と、おもったのであろう。

三人の刺客は、申し合せたように大刀を顔の右がわへ高くささげ持つようなかまえとなり、じりじりと肉薄して来た。

このかまえが、薩摩武士たちの剣法として知られる〔示現流《じげん》〕のかまえであることを虎之助は知っていたが、この剣法者と闘うのは、はじめてのことであった。

虎之助は、するすると後退し、
「鋭《えい》!!」
するどい一声を発し、頭上に刀をふりかぶった。
刺客三人、おもわず足をとめる。
これで〔間合い〕がきまったわけだが、その間隔は約三間もひらいてしまっていた。
闘うための間合いとはいえない。
ために、刺客たちが一気に間合いをせばめようとすれば、すかさず虎之助が後退する。
一度もうしろをふり向かず、こちらへ刀の切先《きっさき》を向けたまま、難なく後退してしまう。
美江寺の宿場が、虎之助の躰のうしろへ見えて来た。
雨の中を通りかかる土地の人びとが、さわぎはじめる。
刺客たちには、どうも分の悪い状態になってきたようだ。
大男の髭面が、舌うちをして、かまえをくずし、
「ここは、引きあげもそ」
と、両わきの二人へいった。

二

杉虎之助と礼子が、彦根城下へ入ったのは、それから三日後のことであった。

順当にゆけば、翌日の夕暮れには彦根へ到着していたはずだ。

それを三日もかけたのは、刺客の眼をくらまそうとしたからである。

彦根は、すでに夜であった。

この日もまた、なまあたたかい雨がけむっている。

彦根城下へあらわれた二人は、すでに旅姿ではない。

城下に住むさむらいがどこかへ出かけ、もどって来た、とも見える何気なさで二人とも高足駄をはき、傘をさしていた。

これは、彦根の近くの鳥居本《とりいもと》の旅籠《はたご》〔大藤や孫太夫〕方で旅装をぬぎすててきたからだ。

二人は、京橋すじの扇問屋〔松栄堂・佐和屋宗助〕方へ入った。

この佐和屋へは虎之助、池本先生につれられ、これまでに三度ほどおとずれていた。

主人の宗助は、先祖が彦根城下で扇屋をはじめてから十何代目かにあたるそうな。

彦根の藩祖は、徳川家康の〔四天王〕などともよばれた井伊直政《いいなおまさ》だといってよい。

家康が、すさまじい戦国の時代を切りぬけ、信長・秀吉の後をうけつぐまでの苦楽を共にして来た井伊直政は、関ヶ原の大戦後、その武功によって、近江・佐和山十八万石の城主に封ぜられた。

それまでの佐和山城は、関ヶ原に敗れた西軍の総帥《そうすい》・石田三成の居城であった。

佐和山は、京・大坂と美濃・伊勢の両国をむすぶ要衝《ようしょう》の地で、なればこそ徳川家康は、譜代の忠臣ともいうべき井伊直政に、この地を領せしめたのであろう。

直政は、佐和山へうつるや、

「居城を、別のところへ築き直したい」

といい、計画をたてはじめたが、その翌年に病歿したので、老臣たちはその遺志をつぎ、まだ幼少だった直政の子の直勝をたすけ、佐和山の西方半里のところにある金亀山《こんき》へ新城をきずいた。

これが現存する彦根城である。

城下の北から南にかけ、海のごとき琵琶《びわ》の湖面がひろがり、南には湖東平野が鈴鹿の山なみのすそへまで、ひろびろと展開している。

扇屋の佐和屋宗助の先祖は、そもそも井伊直政がこの地へ移って来たとき、それまでは直政が領主だった上野の国・箕輪《みのわ》から共に移住して来たのだとか……。

彦根城下に扇屋は数軒あるけれども、城主・井伊侯の御用をうけたまわるのは、佐和屋宗助のみであった。

宗助のことを、池本茂兵衛は、

「古い友だちなのだ」

事もなげに虎之助へいったから、虎之助もそれを信じてうたがわない。

宗助は、裏口からたずねて来た虎之助を迎え、

「杉さんではありませぬか。なんで、裏口から……」

「ちょっと、外へ出て来てもらいたいのですよ」

「え……池本先生は?」

「たぶん、後から、ここへ見えましょう」

外へ出て来た佐和屋宗助が、男装の礼子をちらりと見やり、

「はい、はい」

しっかりと、うなずいた。

池本茂兵衛からの予告はなかったらしいが、宗助には、万事がのみこめたらしいのだ。

三

佐和屋は、店がまえも大きいが、裏手へまわると、武家ふうの土塀がまわっていて、

（これが町家か……⁉）

とおもうほどの建築であった。

宗助は、塀の内にひかえている奉公人を去らせ、虎之助と礼子を潜門《くぐりもん》からみちびき入れた。

「さ、こちらへ……」

木戸を押すと内庭である。

木立もふかい。

雨の中に、青葉のにおいが鮮烈であった。

木立の奥に茶室ふうの〈離れ〉があることを、虎之助は知っている。

池本茂兵衛と共に、佐和屋へ来たとき、いつも、その〈離れ〉に泊ったからだ。

宗助が、離れの中へ手ずから灯をともした。

離れは、二間つづきである。

「夕餉《ゆうげ》は、おすみになりましたか？」

「すませてきました」

「では、いま、お茶を……」

「かまわないで下さい。先生が、ここへ、このひとをおつれしろ、といわれましてね」

「ふむ、ふむ……」

うなずきつつ、宗助が礼子を見ようともせず、

「男のなりが、ようお似合いで」

と、いった。

早くも看破《かんぱ》したものと見える。

「似合いましょう」

虎之助もさからわず、

「だが御主人。心配はいりませんよ。ここへ来るまで何日も二人きりで旅籠を泊りつづけてきたのですからね」

「はい、はい。それはもう、ここへまいられましても、この離れへお二人で泊っていただかねばなりませぬ」

「私は、別の座敷がいいのだが……」

いいさして礼子を見ると、礼子がこちらをにらみつけていた。

「そうしてさしあげたいはやまやまなれど、やはり、ここに居てもらわねばなりますまい」

つまり、二人の姿を家の者の眼に、あまりふれさせたくない、というわけか……。

（おれ一人なら、なんでもないことだのに……）

であった。

して見ると、礼子は何やら〈重い秘密〉を背負っていることになる。くわしく語らずとも、そのことを佐和屋宗助がわきまえている様子なのも、おもえばふしぎなことであった。

宗助が去ると、礼子が立ちあがり、

「よろしい？」

と、問いかけてきた。

袴をぬいでもよいか、といったのである。

「どうぞ」

「では、ごめんを……」

「疲れたでしょう？」

「いいえ」

「ま、ごろりと横におなんなさい」

「まさか……」

「私が木偶《でく》のぼうなことは、すでに御承知のはずだ。横になったからといって取って食おうとはいいませんよ」

と、虎之助も初手《しょて》とはちがい、冗談もいうようになってきている。

「取ってお食べあそばせ」

いきなり、こういって礼子が、虎之助のひざへ自分のひざを打ちあてるようにしてすわりこみ、

「さ、いかが？」

いどみかかるような眼つきになった。

相手が百歩楼の歌山のような女なら、

「どんな味だ？」

女のえりもとから手をさしこもうという虎之助だが、何かひたむきで、どこまでがうそなのか本当なのか、見当もつかぬ礼子のふるまいに、たちまち圧《お》され気味となり、

「ま、よしておきましょう」

といったのは、われながら拙劣《せつれつ》であった。

「ふ、ふふ……」

礼子が、ふくみ笑いをしながら、尚も虎之助を見つめつづけている。

「私の顔に、何かついていますか？」

これも拙劣である。

「杉さまは……」

「え？」

「お強いのですね」

「なぜ?」

「あの大男のさむらいが、とうとう手も足も出せなかった……」

「知っているのですか、あの髭面を……」

「はい」

「どこで?」

「さ、どこででしょう」

「つまらぬな、こういうはなしは……私は、ちょっと横になる」

「取って食べはいたしません」

「食べられようとも、おもわないね」

めんどうになり、虎之助の口調がぞんざいになった。

そこへ、宗助がみずから酒の仕度をはこんであらわれ、

「明日からは、手はずをいたし、御不自由のないようにいたします。今夜はこれにて……」

膳を置いて行きかけるのへ、礼子が急に腰を浮かせ、

「あの……」

いいかけた言葉じりを虎之助が横から引っさらい、

「便所も、ここについていますぜ。ほれ、次の間の右手の、障子の外だ」

と、やった。

「ま……」

たちまちに礼子は顔をあからめ、怒りのいちべつを虎之助へ投げつけるや、さっと身を返し、出て行った。

「杉さま……」

と、宗助がたしなめ、苦笑をうかべるのへ、虎之助が肩をすくめて、

「道中、世話がやけましてね」

「とんだ御苦労を……」

まるで自分のむすめが虎之助の世話になった、とでもいいたげな佐和屋宗助の口調なのである。

別離の日

一

その夜。虎之助は膳の酒を一息にのみほし、勝手に夜具を引き出すと、ぐっすりとねむりこんでしまった。

目ざめたときも、雨の音がしている。

朝になっていた。

〔離れ〕の雨戸は、すでに開けはなたれている。

(あ……よく寝た)

虎之助がくびをもちあげた、そのまくらもとに池本茂兵衛がすわってい、こちらへ笑いかけている。

「や……先生」

はね起きた虎之助へ、茂兵衛が、

「苦労をかけたな」

「いいえ」

「これからは、もう……」

いいさして、茂兵衛は微笑を消し、にわかに厳粛の表情となり、

「もう決して、あのようなことを、お前にたのみはせぬよ」

と、いった。

顔つきのきびしさにひきかえ、その池本先生の声にはしみじみとしたやさしさがこもっている。

なにか、異様な感じであった。

虎之助は、わりきれないおもいがしたけれども、池本先生のうしろから、礼子がにやにやしながらこちらを見つめているので、問い返すこともならず、

「これは、寝すごしました」

といい、起きあがった。

たしかに寝すごした。

もう昼近い刻限になっている。

洗面をすました虎之助が〔離れ〕へもどって来ると、二部屋ともきれいに掃除がすみ、

奥の六畳で、池本茂兵衛と佐和屋宗助が何か語り合っていた。

礼子の姿が見えなかったので、

「おや……？」

おもわず虎之助が、あたりを見まわすと、

「あのむすめは、ほかの部屋へ移した。心配せずともよい」

と先生、細く小さな躰をゆするようにして、

「ここへ来い、ここへ……」

まるで老爺が愛猫とたわむれているときのような、やさしい声でいった。

宗助が「では……」と、茂兵衛へ一礼し、廊下へ出て行った。

「さ、これへ……」

「はい」

「ときに虎之助」

「は……？」

「いつだったかな……ほれ江戸の、お前の実家の跡つぎが、弟に決められたことを、わしがききこみ、お前につたえたことがあった」

「うけたまわりました」

「それもこれも……ま、お前が行方知れずになったというわけで、これはわしにも責任

があることなのだが……」

「いえ、それはちがいましょう。私がむりにねがい出て、先生の教えを……」

「む。ま、それはそれでよいのだが……なあ、虎之助」

「はあ？」

「いまのお前を見たなら、江戸の父御《ててご》も、びっくりなさることであろう。これほどに鍛えられ、立派に成人をした長男のお前がぶじにもどって来たとなれば、跡目相続のことも、あらためて、また……」

「お待ち下さい。虎之助は杉家の跡とりになるつもりなぞ、もうとうありません」

「なぜだ？」

と、問い返した茂兵衛の声が、実にするどい。

「いま、私があらわれては、せっかくに跡目をゆるされた弟の源次郎が気の毒ですし、それにまた義母《はは》も落胆いたしましょう」

「む!!」と、今度は先生、にっこりとうなずき、

「ようもそこまで、考えたものじゃ」

「は……それもこれも、先生が世間を見せて下さいましたからで……あれほどに憎んでいました義母のこころも、あのひとはあのひとなりに、むりもないことと……」

「ま、女とはそうしたものさ」

そこへ、佐和屋の女中たちが、昼の膳をはこんであらわれた。

宗助も礼子も、顔を見せない。

二

膳部は、まことにゆきとどいたものであった。

以前、茂兵衛と来たときも、佐和屋で、このような馳走をうけたことはない。

料理の仕様といいその盛りつけといい、これはあきらかに城下の、どこぞの料亭の板前をよんで調理させたものにちがいなかった。

「ほ。鯀《はす》が出たな」

と、池本茂兵衛は箸を取りつついった。

鯀は近くの琵琶湖でとれる名物の淡水魚である。彦根ではこの魚が自慢で、民家でもよく食べるが、いま膳の上にあるそれは、岩茸《いわたけ》と熊笹の新芽をあしらった細づくりの刺身で、それに小川芹の吸物や、これも季節ものの鯎《うぐい》の甘露煮へ、笹がきごぼうをあしらったものなどがならべられてある。

見事な鮎も出た。

礼子の膳部は、出されていなかった。

「ま、ひとついこうかね」

茂兵衛の盃を受けた虎之助へ酌をしてから、

「いよいよ、別れじゃ」

と、茂兵衛がいった。

「えっ……」

「さ、おのみ。ほしてからわしに返せ」

今度は、虎之助が酌をする。

二人とも、だまったままだ。

雨はあがっていた。

開けはなった障子の向うの奥庭の、雨に洗われた青葉の中に咲く白百合の花の香りが、この部屋へしずかにながれこんできている。

虎之助は、こうしたときも余計な会話をかわさぬように、茂兵衛からしつけられてきた。

茂兵衛は、かねてより、

「お前は、ひ弱かったおのれの躰を強くするために……したがって劣弱な精神《こころ》をひろやかにするため、わしが手もとへ来た。その、お前ののぞみが達せられたときこそ、わしはお前と別れねばならぬ。このことをようおぼえておくがいい。わしとお前とのむすびつきは、このほかに何一つないのだ。むだなことをわしも語らぬし、お前も語るな」

こう、虎之助へいいきかせてきている。

虎之助が師の茂兵衛とすごした六年の歳月についても、いずれ、ふれることになろうが、ともあれこのとき、沈黙のうちにも杉虎之助の満面が蒼白となったことはたしかなことだ。

のちに、虎之助はこのときのことを想い出して、次のような、あまり上手ではない歌をつくっている。

逢《あ》うはまた　別れとやいうさだめとは
かくなるものと　身にこたえ知る

それからも二人は、もくもくと盃をかわし、のみつづけた。

酒がなくなるのを待っていたかのように佐和屋の老女中があらわれ、おかわりを置いて行くのであった。

「虎之助。これは、わしひとりが、お前にのぞむことなのだが……」

「なにごとでしょうか？」

「きいてくれなくともいい。きいてくれるならうれしいが……」

「おきかせ下さい」

「む……これからの世が、どうなって行くことか、おそらく、尋常のことではすまぬことになるとおもう」

虎之助は、うなずいた。

十三歳の彼が実家を飛び出し、池本茂兵衛にひろいあげられたのは嘉永六年のことだ。

そのころの虎之助は、虚弱なわが身をはかなみ、死ぬことのみを想いつづけていたので、同じ年に、アメリカ国の提督《ていとく》ペリイがひきいる艦隊が突如として相州（神奈川県）浦賀へ入港し、

「国をひらき、われと交易すべし」

と、日本へせまったことから、国中が火のついたようなさわぎに巻込まれたことなど、すこしの関心もなかったのである。

父の平右衛門が義母のお峰へ、

「いやその、異国の軍船と申すはな、すべてが鉄によろわれ、いくつもの大砲《おおづつ》を背負うておるそうな」

などと語っているのを、小耳にはさんだことはおぼえている。

なにしろ、それまでは……。

二百年も前に、かの〔鎖国《さこく》の令〕をしいて諸外国とのつきあいを絶ち、かろうじて中

国とオランダのみへ〈局部的〉な交易をゆるしていた日本である。

こうしたわけだから、もちろん外国の事情にはうといばかりか、国の経済のもとになるのは〈米〉のみで、天災や気候の変化によって米がとれなければ、たちまちに国の経済も行きづまる。

何万という餓死者が出る。

あの徳川家康が戦乱の日本を統一してからは、三百もの大名たちに日本の国土をわけあたえ、この上に幕府が君臨するという、いわゆる〈封建の制度〉が二百余年もの間、日本をおさめてきた。

つまり、二百年もの間、日本には〈戦争〉がなかった。

これは、世界史上において、日本のみがもつ歴史だ、といわねばなるまい。

それが、アメリカ艦隊の入港によって打ちやぶられた。

いやでも、外国との交渉に応じなければならぬ。

アメリカの軍艦を見ただけでも、はるかに遠い、この異国の武力と戦って、

「とてもとても、勝つ見こみはない」

からであった。

二百何年もつづいた〈徳川政権〉であったけれども、近年に至って、その政治力は、にわかにおとろえてきはじめている。

だから諸国の大名たちも、さわぎはじめる。

しかも、ときの将軍・徳川家定については、

「病弱で、子も生まれぬほど……」

の愚者《おろかもの》である、と、きめつけられているほどなのだ。

政権の象徴たる〔将軍〕がこれでは、徳川幕府も、威張っていられなくなる。

それからはもう、国内の騒乱はひどくなるばかりであった。

三

愛弟子《まなでし》・杉虎之助との別れにさいして、池本茂兵衛が、

「お前にのぞみたいこと」

と、いうのは、

「世の中が、いかに変ろうとも、人間の在《あ》り方に変りはない」

この一事であったという。

「人というものはな、虎之助。いまだ獣《けもの》なのだ。そりゃ、本も読むし、ものごとを考えもする、だが、この躰にそなわった機能《しくみ》は何千年、いや何万年も前から、すこしも変ってはいないのだよ。いいかえ、なればこそ、生きんがためには人と人とが殺し合いもし

てのけるのだ。異国の鉄の船が日本へやって来たのもそれさ」

なるほど、そういわれてみれば、アメリカの軍艦があらわれる前から、オロシヤ（現ソビエト）やエゲレス（イギリス）などの外国列強が、日本の近海へあらわれ、しきりに、わが国土をねらって圧力をかけてきている。

「だからのう、虎之助よ」

と、茂兵衛は、深沈たる声音《こわね》になって、

「お前は、時世のながれが、いかに激しく変ろうとも、なおさらに変らぬ人として生きてもらいたい。これが、わしの、のぞみなのだ」

「はい」

「わかるかえ？」

「それは……？」

「よし、きこう。お前は何をもって生きるか？」

「先生よりつたえられました剣の道をもって、一生を終りたいと存じます」

「人を殺すことではないよ」

「わかっております」

「わしは、わしの剣法をもって、人の躰とこころが自由自在にうごくことを突きとめたい、と願ってきた。つまり、人というけだものが、もっとも高いところを目ざしたわけだが……ついに、それは果せそうもない」

「……？」

「というのも、つまらぬことにかかわり合ってしまったからさ。ま、このことはいい。何もきくな。ところで虎よ」

「はい」

「お前はな、つまらぬ時のうごき、世のながれなど、気にせずに生きてくれい。たのむ。わしが果せなかったことを代りに果してくれ。いいかえ」

「はい」

「なに、人の躰のしくみが変らぬかぎり、世のうつりかわりなぞは、つまらぬものだ。このことを、よくおぼえておけ」

「しかと……」

「よし。ともあれ、江戸へ帰れ」

「はい」

「鰻やの中村、あそこの亭主《おやじ》のところへ行け」

「中村へ……？」

「これからの、お前の暮しについて、ちゃんと手はずをしてある。万事、あそこの亭主にきけ」

「先生は？」

「わしか。わしは、な……遠いところへ行く」

「遠い、ところ……？」

「むずかしい面《つら》をするな。それだけいえばよいし、お前も、それだけきけばよいはずではないか」

「礼子どのは？」

「気になるかえ？」

「いや、別に……」

「わしが、しかるべく始末をするさ」

虎之助にしてみれば、名残りがつきなかったろうが、やがて池本茂兵衛は、

「では、すぐに発て」

といい、かたわらにあった肥前忠広《ひぜんただひろ》二尺五寸一分の愛刀を、

「とっておけ」

と、わたしてよこした。

陽が、かたむきはじめていた。

旅仕度にかかる杉虎之助のそばへつきそい、池本先生が、まめやかに手つだってくれる。

こうしたことは、かつてなかったことだ。

それだけでも虎之助は、胸がいっぱいになってきているのに、

「さ、足をお出し」

離れの縁にかけて、わらじをはこうとする虎之助の足をつかみ、池本茂兵衛が、みずからわらじをはかせ、ひもをむすんでくれるではないか。

「せ、先生……」

ついに、たまりかねた虎之助が男泣きに泣くのへ、茂兵衛がやわらかく、

「これからも、いい女をたんと抱いておくれよ」

と、いったものである。

淡い夕闇がただよいはじめた佐和屋の裏手の道へ虎之助が出たとき、只ひとり、見送りに出た池本茂兵衛が、

「本所の、おもしろい叔父ごへ、よろしくな」

「は、はい……」

「行け」

数歩ふみ出して、たまりかね、おもわず振り向いた虎之助の眼に、いつの間に出て来たものか、茂兵衛のうしろから、礼子が凝と、こちらを見つめている。

礼子の顔は、紙のごとく艶をうしない、みはった双眸《そうぼう》に別れの哀しみがあふれていた。

元　旦

一

年が暮れ、年が明けた。

すなわち、安政七年。のちに改元のことあって万延《まんえん》元年となるこの年が、日本の歴史の上において、まことに重大な年となることを、まだ、だれも知らなかった。

杉虎之助も同様であった。

虎之助は、たったひとりで、この年の正月を迎えた。

雑煮《ぞうに》もない。

節《せち》の料理もない。

ただし、冷酒はたっぷりとあった。

去年の夏……。

近江・彦根城下で、師の池本茂兵衛と別れた虎之助は、師のいいつけのままに江戸へもどって来た。

そして……。

万事、中村の亭主が心得ているとの茂兵衛の指示にしたがい、すぐさま、浅草駒形の鰻や〔中村〕へ出向いて行くや、

「お待ち申しておりましたよ」

亭主の房吉が、

「今夜はうちへお泊り下さいまし。明日、御案内いたしますよ」

「どこへ？」

「あなたのお宅へ、でございますよ」

「私の家……？」

「はい」

「そんなものがあるのか、こりゃどうも、ふしぎなことだね」

「二年ほど前に、池本先生がおもとめになっていた家なので……」

「私のためにか……？」

「申すまでもございません」

その家こそ、いま、虎之助が二十歳の新年を迎えたこの住居《すまい》なのである。

場所は、下谷・金杉《かなすぎ》上町。

表通りは日光・奥州両街道の道すじにもあたる往還《おうかん》で、上野山下から千住大橋まで、びっしりと町家が軒を連ねている。

だが、虎之助の住居は表通りを西へ入ったところにある安楽寺という寺のとなりにある。

にぎやかなのは表通りだけで、このあたりは根岸の百姓地や、こんもりとした木立や、小川のながれやらが織りなす田園の風趣も濃厚な土地で、とても江戸市中とはおもわれぬ。

武家や町家の別荘もあるし、竹林にかこまれた風雅な料亭も点在していた。

虎之助の住居は、もと、幕府《こうぎ》の表御番医師をつとめていた大崎玄庵の別荘だったのを池本茂兵衛が買いとったものだそうな。

しかも茂兵衛は、この家を改造し、十二坪ほどの道場を建ててあった。

ということは……。

愛弟子・杉虎之助を、この道場の主《あるじ》たらしめんとしたわけだ。

(あまりにも、ゆきとどきすぎている……)

虎之助にとって、恩師・池本茂兵衛は、〔謎の人〕であった。

六年も共に暮したのに、わからぬことがいくらもある。

ただ、虎之助の胸へ脈々としてつたわってくるものは、恩師が自分へかけてくれる深い深い愛のこころなのである。

七年前のあのとき……。

〔中村〕の二階から飛び下りた虎之助の、必死なこころを見てとった池本茂兵衛は、

「いまのところは、おれも暇なことゆえ……では、いっしょにつれて行くか」

こういったものである。

茂兵衛はあのとき、本所からも程近い押上村の浄明寺という小さな寺の〔離れ〕に住んでいたが、山口金五郎叔父へ、虎之助の身柄を引きうけたことをいいわたすや、すぐに引き返し、虎之助をつれて江戸を離れた。

茂兵衛が、少年の虎之助をともなって行った先は、豆州・熱海の温泉《ゆ》であった。

茂兵衛と虎之助が滞在した宿屋は、糸川べりの坂をのぼったところにある〔角兵衛の湯〕である。

なんと、茂兵衛は、この〔角兵衛の湯〕へ約十カ月も泊りつづけたのだ。

先ず、虎之助をゆっくりと休養させ、新鮮な魚をみずから料理して食べさせ、すこし体力がついたところで、

「さて……いよいよ、お前を生まれ変らせようか」

と、茂兵衛がいった。

「は……？」

「ま、そこへうつ伏せに寝たらよい」

「はい」

うつ伏せとなった虎之助のか細い躰を、池本茂兵衛がしずかにもみほぐしはじめた。

「む……なるほど」

とか、

「これなら、のぞみもある」

とか、つぶやきつつ、茂兵衛の両手のゆびが、虎之助の躰のすみずみをさすりまわり、圧したり、もんだりした。

虎之助は、まるで夢見ごこちであったという。

得体も知れぬ快感が、躰中へゆきわたり、骨も肉もとろけるようなおもいがし、あまりのここちよさに、うつらうつらとねむりこんでしまうことさえあった。

二

のちに杉虎之助が、こう語りのこしている。

「……ほとんど毎日、池本先生に按摩《あんま》をしていただいたわけだが……いやはや、いま考えると、まことにもったいないことだ、とつくづくおもいますよ。わが師匠に按摩をさせた、なぞという男はおそらく私ひとりではありませんかね。そのことを想うと、いまも躰がふるえてきましてね。いや、ここちよいばかりではなかった。そのうちにね……先生のゆびが、私の躰の骨や肉を強くまさぐり、つかむたびに、悲鳴をあげたことも数えきれない。その痛さというものは、はなしにも何もならないものでしてね。全身の血という血がすべてあたまの中へあつまったようになる。これをその、つまり逆上というのでしょうな。気も狂わんばかりになってしまうのです」

そのたびに、池本茂兵衛は、

「がまんしろ。お前の躰が生まれ変るのだから、これほどのことは仕方もあるまい」

こういって、虎之助をはげましてくれた。

「さ、そうしたことが三月もつづきましたろうか……そのうちに、痛みをおぼえなくなった。同時にね、これはふしぎなことなのだが……いくら先生に按摩されても、ここちよいこともなくなってきたのですよ」

と、虎之助の語りのこしに、

「ところが、ふっと気づいて見ると、いつの間にか私の躰にみっしりと肉がついてきている。これにはおどろきましたね。そういえば食欲もまるでちがってきてしまった。父の屋敷で暮していたころは、もう、朝夕の膳部を見るたび、げんなりとしてしまった私が、飯でも魚でも、腹いっぱいに食べ、何を食べてもおいしいという……これがまあ、先生の申された生まれ変りなのでしょうな。まことにその、先生のゆび先、いやその按摩術というものは大したもので……」

　そうなると、池本茂兵衛が、

「もうよいだろう」

と、按摩をやめ、

「お前の躰は、もう元気になった。生まれ変った。まだすこし弱いところもあるが……このまま、自分ひとりで躰をきたえることもできる。どうだ、虎之助。ここらで江戸へもどり、父上を安心させたら……」

「おそばにいては、ごめいわくでございましょうか？」

「めいわくでない、こともない」

「申しわけございませぬ」

「不服そうな面つきだのう」

「はい」

「それほどまでに剣術をまなびたいか」

「ごめいわくで……」

「よし。だがな、虎よ。いまから申しておく。わしもこれで、いそがしくなると、お前にかまってもいられなくなるのだ。そうなったときには、いつにても捨てるぞ。お前を……それでもよいか」

「よろしゅうございます」

「では……」

いうや茂兵衛が、傍の大刀をつかみ、

「これを抜いてごらん」

虎之助へわたしてよこした。

「はずかしいことだが、このときまで私は刀というものを抜いたことがなかったのですよ」

と、虎之助が語りのこしているように、びくびくもので、ようやく大刀を抜き、両手に持ったとき、池本茂兵衛がすっと立ちあがった。

このとき二人は〔角兵衛の湯〕の二階の部屋にいたのである。

で……。

立ちあがったと見るや池本茂兵衛が、腰にさしこんでいた脇差を抜き打ちに、

「や!!」

いきなり、虎之助へ斬りつけたものである。

「あっ……」

たまったものではない。

茂兵衛の刃《やいば》は、虎之助の左えりもとから胸へかけ、着物を切り裂き、肉を切った。

と、いっても、ごく浅く切った。

しかし、虎之助の胸のあたりへ、見る見る血がにじみ出して来る。

茫然として、虎之助は立ったままだ。

「よくぞ、倒れなかった」

と、茂兵衛が脇差を鞘へおさめて、

「見こみがないでもない。なによりもお前は死ぬことを、あまりおそれていないものな」

虎之助は、さすがに口もきけなかったけれど、茂兵衛への絶大な信頼感にささえられていたし、大川へ身を投げたほどにつきつめたおもいから剣術をまなぼうとしているだけに、少年ながら、どこかちがっているところもあったのであろう。

三

傷は、すぐに癒《い》えた。

すると今度は、整息の術というのを教えられた。

毎朝早く、熱海の海辺へ出て、深呼吸をやらされるのだ。

茂兵衛がつききりで、

「もっと深く息を吸いこめ。よし、そこで息をとめい。とめたまま、下腹にちからをいれよ。む、よし、よし……よいか、しずかに、しずかに、胸にたまった息をその下腹から吐くような気もちで、すこしずつ吐いてゆけ」

などと、教えこむ。

これは、初歩のことで、整息術の基本ともなるべきものであったらしい。

ともかく、この修行もつらい。

一日中、これをやらされるのであるから、たまったものではない。

そのうちに、虎之助の呼吸がととのってきた。

いつ、どこにいて何をしていても、呼吸の方法の基本が身についてしまった。

するとまた、肉づきがよくなり、自分の顔を鏡にうつして見ても、

(これが、おれか……?)

虎之助自身が呆気にとられるほどの、すばらしい血色になっていたのである。

こうなると、整息の稽古が尚もきびしくなった。

「息をとめい。とめたまま歩け」とか、

「とめたまま、走れ」

と、命じられることもある。

むろん、茂兵衛もいっしょに走り、虎之助が苦しまぎれに、おもわず息を吐いてしまうと、

「やり直しだ」

何度も何度もやらされる。

或日のことであったが……。

〔角兵衛の湯〕の前の道をまっすぐのぼったところにある来宮《きのみや》大明神の境内で、整息の稽古をしていたとき、

「よし。しずかに息を吐け」

と、池本先生がいったので、虎之助が下腹から息を吐き出した。

その、吐き終えた瞬間であった。

「鋭!!」

鉄壁をも打ちやぶるばかりのすさまじい気合声を発した池本茂兵衛、真正面から腰間《ようかん》の大刀ぬく手も見せず、またしても、虎之助を切った。

このとき、虎之助は声をあげなかった。逃げようともしなかった。

突立ったまま、素直に、師の刃を身に受けたのである。

今度は、右の胸もとが切り裂かれ、ぴゅっと細く、血が疾《はし》った。

前のときより傷は深い。

「む……」

と茂兵衛が、夕闇の中に立ちつくしている虎之助を見まもり、

「息はみだれておらぬ」

低く、いった。

そういわれれば、呼吸も平常だし、動悸《どうき》もしていないことに、虎之助ははじめて気づいた。

「よろしい。ようもここまで辛抱をした」

いうや茂兵衛が虎之助を抱きしめ、

「お前は、まことにふしぎな少年《こども》じゃ」

感にたえたもののごとく、ささやいたとか……。

そして池本茂兵衛は、虎之助を背負い、宿へ帰り、傷の手当にかかった。

のちに、虎之助へ剣術を教えこむようになってからも、茂兵衛はいつも真剣をもたせ、自分も刃をぬいて教えた。

二十歳になった杉虎之助の全身には、いずれも浅いが四十余カ所の傷痕がのこされている。

その傷痕こそ、恩師の愛である、と、虎之助はおもっているのであった。

「そのつぎは眼力を強くせよ、と先生が申されましてね。いや、これもまた大変なもの

でした」

虎之助がのちに語りのこしたところによると、この眼力を強める修行が、もっとも、

「つらかった」

そうだ。

さ、このあたりで場面をもとへもどそう。

元旦の朝。

裏の井戸端で水をあび、身を清めた杉虎之助は、道場へ出て、一刻（二時間）ほど、恩師にゆずられた肥前忠広の大刀をふるった。この道場に、まだ門人は一人もいない。

そもそも虎之助が弟子をとろうとはしないのだし、竹刀の打ち合う音もきこえず、しかるべき表札もかけてないこの家が剣術の道場だとは、近所の人びともおもっていないようだ。

わらぶき屋根の、風雅なかまえの家の中に、板張りの道場があるなどとは、外から見て、とても考えおよばぬことであった。

虎之助は道場を出て、また、水を浴びる。

そして、道場へもどり、神前にそなえた冷酒の樽を引きよせ、

「先生。ちょうだいをいたします」

だれもいない空間へ向って、大声にいった。

肴《さかな》は、焼塩と、するめを細く切って昆布と共にしょうゆへつけこんだもの、それだけである。

悠然《ゆうぜん》として、冷酒をのみつづける虎之助の耳に、人の訪《おと》なう声がきこえた。

〔中村〕の亭主・房吉が、女房おかねと共に訪問して来たのだ。

「あれ、まあ、杉さま。暮におとどけしたお餅は？」

道場へ入って来たおかねが、あまりにも質素な正月の膳を見ていうのへ、虎之助が、

「あとで、焼いて食べる」

「杉さま」

房吉が、にこにこと、一通の手紙をさし出し、

「池本先生からのおたよりでございますよ」

飛びつくように、虎之助が、その手紙を手に取った。平常の彼には見られぬ仕ぐさであった。

女に刃物

一

池本茂兵衛が虎之助へあてた手紙は、まことに簡短《かんたん》なものであった。

お変りもなく、おすごしのことと存じそろ。
当方、相変らず、御放念《ほうねん》下さるべくそろ。
新居の住みごこち、いかがに候や、不自由のことあらば何事にても、中村主人へ申しつけられたし。

眠牛

虎之助どの

手紙と共に、金五十両がそえられてあった。

いつもながら池本茂兵衛、金に不自由はせぬとみえる。

「この御手紙は、どこから?」

虎之助の問いに、房吉が、

「京からでございましたよ」

「京の、どこから?」

「さて、それが……」

茂兵衛の手紙と金を〔中村〕へとどけて来たのは、商人ふうの旅姿をした中年男で、房吉夫婦が、

「ともかく、あがって下さいまし」

中へ入れ、酒食を供して、いろいろ茂兵衛のことを訊くつもりだったところ、男は、

「急ぎますので……これで、ごめんをこうむります」

出て行きかけるのへ、いちおう房吉も、

「いま、池本先生は京のどちらにお住いなので?」

すると男がうす笑いをうかべ、

「さて……それがどうも、私にもよくわかりませんのでね。へい、ではごめんを」

さっさと、姿を消してしまったそうだ。

「なるほど、ね……」

こうした池本茂兵衛の行動には、虎之助も馴れている。

熱海ですごした十カ月は別にしても、その後は、年に何度か、

「ここで待っておれ」

と、茂兵衛は虎之助をしかるべき場所へ滞留《たいりゅう》させておき、ふらりと、どこかへ去ってしまい、長いときには半年も帰って来なかったものだ。

その〔場所〕とは、上方から関東にかけて、虎之助が知っているだけでも七、八カ処はあったろう。浅草・駒形の〔中村〕もその一つだし、彦根城下の扇問屋〔佐和屋宗助〕方もそうである。

そして二度ほど、虎之助は、池本茂兵衛の親類の家にとどめおかれたことがあった。

近江の国・水口《みなくち》城下にある〔名本屋〕という醸酒業で、庄屋をもつとめている池本忠右衛門方がそれだ。

当主の忠右衛門は三十前後の若さであったが、茂兵衛のことを、

「おじさま、おじさま」

と、よんでいたようだ。

だからといって、茂兵衛が伯父か叔父にあたる、というのでもないらしい。

だが、姓が同じであるし、縁類であることはたしからしい。

そのようなことは、虎之助にとって、

（どうでもよい）

ことであったから、くわしいことを知ろうともせず、問おうともしなかったけれども、
あるとき、茂兵衛が、

「わしもな、剣術なぞというものが好きにならなかったら、ここで、酒をつくりながら、のんびりと一生を終えたことだろうよ」

と、語ったことがある。

池本茂兵衛の〔生いたち〕にも、何やらよほど、複雑な事情があるらしかった。

ここで、池本茂兵衛の剣術についてふれておこう。

流儀は、

「はじめは無外《むがい》流をまなんだが……流儀などはどうでもよいことだ。つまるところは同じものよ」

と、茂兵衛が語った。

「いまのわしは、わしひとりの流儀さ。それをお前につたえる。名がほしければ眠牛《みんぎゅう》流とでもしておきなさい」

ということであった。

　さて、その元旦……。

　房吉夫婦がもちはこんで来てくれた五段重ねの重箱へ、たっぷりとつめられた料理をひろげ、三人で、酒もりとなった。

「江戸へおもどりになってから、三味線堀の御屋敷へは一度もお出かけになりませんので？」

　房吉がいうと、虎之助は、

「別に、行きたくもないのでね」

「それはまあ……そうでもございましょうけれど」

　房吉は、虎之助からくわしく生いたちのことをきいている。

「いや、父上には会うてみたいとも考えるのだが……いまここで、急に私があらわれたとなると、いろいろ、めんどうが起るのではないか、そうおもってね」

「なるほど」

「それにさ……」

　いいさして虎之助が、何か、うっとりとした眼ざしを宙へ投げ、

「いまの私には、まるで池本先生が真の親父《おやじ》だ、という気がしている。ま、そりゃそうだろうね、御亭主。なにしろ、六年の歳月を手塩にかけていただいたのだ。そこへ行くと御亭主。私はね、実の父親と言葉をかわしたというのは……さよう、指を折って数え

ることさえできるほどなのだよ」

房吉夫婦が顔を見合せ、うつむいてしまった、その耳へ虎之助のつぶやきがきこえた。

「会いたいとおもうお人は……池本先生おひとりだ。いまの私は、そのことだけをおもいつめている」

二

翌二日となって……。

昼すぎから、杉虎之助は本所・石原町の山口金五郎宅をおとずれた。

金五郎叔父のところへは、虎之助も時折、姿を見せる。

というよりも、金五郎のほうが暇にまかせて金杉の虎之助をたずねて来ることが多いようだ。

「おう、来たな」

待ちかまえていた金五郎叔父と、すぐさま、酒になった。

決してぜいたくなものではないが、折目も正しい羽織・袴を身につけ、端然として盃をふくむ虎之助を、金五郎夫婦はいまさらながら、つくづくとながめやって、

「これが、あの虎坊主だとはなあ……」

「ほんに……」

嘆息をもらした。

むすめのお千代も十四歳になっていて、酒をはこんで……虎之助の前へ出ると、くびすじのあたりに見る見る血がのぼったのを見るや、

「おやおや……」

金五郎が、ためいきをもらし、

「千代め、もう色気づいたか……」

「あなた」

妻女のお浜がたしなめるより早く、お千代は鳥が飛び立つように次の間へ駈け去ったものである。

虎之助は、顔色ひとつ変えない。

「虎之助」

「はあ」

「三味線堀の親父がなあ、だいぶんに弱ってきたとよ」

「父上が……」

「このところ、ずっと寝たきりらしい」

「以前からお弱かった……」

「うむ。それでな、気も弱くなったものか、このおれに、一度会いたい、といってきたよ。やはりまだ、おれという弟がいることをわすれてはいなかったらしい」

「当然です」

「それにのう、虎よ、兄貴どのは、おれに会って、お前の消息をききたいのだろうよ。おれのところにだけは、行方知れずのお前からのたよりがあるやも知れぬ、そうおもっていなさるのだ。それにちげえねえわさ」

父・杉平右衛門は相変らず〔細工頭《さいくがしら》〕をつとめているそうだが、近ごろは病床につくことが多く、

「これでは御役目に対し、申しわけもない」

と、辞任のねがいを幕府に出したこともあるそうな。

「ところが、なかなかにおゆるしが出ないのだとよ。時節柄、すこしぐらいの病気で御役目を下りることはならぬ、とのことで、そうなると兄貴もまた、むりをしても床をぬけ出し、出仕をするというわけだから、ますます病気が悪くなる」

「なるほど……」

たしかに、このごろの幕府は人手が足りぬらしい。

というよりも〔人材〕が少いのだ。

七年前に、アメリカ艦隊があらわれ、日本に〔開港〕のことをせまってからは、蜂の

巣を突ついたような世の中になってしまった。

もっとも、アメリカ艦隊の出現は、日本の騒乱にきっかけをあたえたにすぎない、ともいえよう。

それまでの日本は、海外との交際《つきあい》をゆるさぬ国であった。

ゆえに……。

国家経済の基盤は〔米〕であって、天候不順の風土をもつ島国の日本に、天災がおこって米がとれぬときは、たちまちに飢饉《ききん》となり、何万もの餓死者が出る。

戦争がないのは、むろん、よいことなのだが、そのかわり、支配階級の武家社会が、どうしても〔生産〕とむすびつかなくなってしまった。

しかも実質的な経済力は、すでに町人たちのものとなっている。

天保のころの大飢饉以来、

「これではいかぬ」

諸国大名には、藩政の改革が、いろいろなかたちでおこなわれるようになった。

どこでも〔保守〕と〔革新〕の対立が見られるようになったのも、当然であったろう。

そこへ、外国列強の日本侵入がはじまった。

幕府は、これをしりぞけるだけの〔実力〕がない。

さらにそこへ、山口金五郎のいう、

「いやもう。踏んだり蹴ったりさ」

の事態が、折りかさなってきたものだ。

十三代将軍・徳川家定は、病弱の上に子もなく、まことに愚鈍な将軍だといわれているが、いよいよ病気が重くなり、

「いつ、亡くなられるやも知れぬ」

と、いうことになってきた。

徳川政権としては、どうあっても次代の将軍をつくらねばならぬ。

そこで……。

将軍家に、もっとも血すじが近い親類である紀州家から、藩主・徳川斉順の子の慶福《よしとみ》を、十四代将軍に迎えようとする〔保守派〕の大名たちと、

「いや、年少の慶福公では、こころもとない。それよりも英明な一橋慶喜《ひとつばしよしのぶ》公を将軍の座につけるべきである」

という、いわゆる〔革新派〕の大名たちが争いはじめた。

一橋慶喜は、これも将軍の親類で、紀州家、尾張家とならんで〔御三家〕の一つにかぞえられる水戸藩主・徳川斉昭《なりあき》の子である。

この将軍擁立《ようりつ》の政争は、まことに大変なものであって、山口金五郎にいわせると、

「いやもう、なにがなんだか、わからねえ」

ということになるのだ。

三

杉虎之助が、叔父の家を辞去《じきょ》したのは、八ツ半（午後三時）をまわっていたろうか。

朝からおだやかに晴れわたってい、日もかたむこうという時刻なのに、風も消え、あたたかかった。

虎之助は、金五郎叔父のところを出たとき、ふっとおもいたち、押上村の浄明寺の和尚を訪問する気になった。

はじめて池本先生に引きとられたとき、虎之助は浄明寺に二日ほどをすごしていたし、その後も、江戸へ来るたび、池本茂兵衛と共に、この寺へ滞留している。

（先生からのおたよりがあったことを、和尚さまへお知らせしよう）

そのつもりであった。

大川（隅田川）沿いの道へ出ると、いやでも、七年前の、あの日のことがおもい出されてくる。

十三歳の自分が世をはかなみ、いささかも死を恐れることなく、大川へ身を投げた、あの日のことを……。

浅めの編笠の中で、虎之助はほろ苦く笑った。

正月二日の、このあたりはまったくしずかなものだ。

大川の対岸、御厩《おうまや》河岸のあたり、空に凧《たこ》が高くあがり、ゆらゆらとゆれているのがのぞみ見られた。

虎之助は、ゆったりと北へすすむ。

（世の中は、これからいったい、どうなって行くのだろうか？）

いま、大老として、幕府政治を一手に切りまわしているのは、近江・彦根三十五万石の城主・井伊《いい》直弼《なおすけ》である。

去年、虎之助が彦根の〔佐和屋宗助〕方へ、礼子をともなって到着したときも〔殿さま〕の井伊侯が日本の政治の最高責任者であるという、その威光が町にも人にも、はっきりとあらわれていたものだ。

井伊直弼は、紀州家から慶福を迎えて十四代将軍となし、その成功によって、彼の権威はたちまちにふくれあがった。

外国列強と通商条約を、断固として締結したのも井伊大老である。

これに反対する勤王の志士たちが、

「異国の侵入をしりぞけ、いまこそ、日本を治むる大権を天皇へお返し申しあげるべきだ!!」

と叫び、天皇おわす京都を中心にあつまった志士や浪士たちの革命運動を、敢然として弾圧したのも井伊大老であった。

この弾圧が〔安政の大獄〕である。

このとき、幕府は、吉田松陰《しょういん》・橋本左内《さない》・頼三樹三郎《らいみきさぶろう》ら尊王志士や学者を死刑に処し、それに公卿・大名たちなど百余名をきびしく処罰した。

前に、一橋慶喜を将軍の座へ迎えようとした〔革新派〕の大名や志士たちが、多く、この中にふくまれている。

「おれにいわせれば、ばかなことよ。身分もあり知恵もあろうという大名どもが、まるで子供の喧嘩ではねえか」

と、山口金五郎はいとも単純に割り切っているけれども、

（そのようなことで、すめばいい）

虎之助は、道を歩きつつ、いつか沈痛の面《おも》もちとなってきている。

（や……？）

はっとした。

どこかで、刃と刃の打ち合う音をきいたようにおもったからである。

陽光がおとろえ、夕闇というほどではないが、河岸道が翳《かげ》ってきている。

いつの間にか虎之助は、大川から東へながれこんでいる源森《げんもり》川に沿って、中ノ郷の瓦

町の外道《そとみち》へかかっていた。

この中ノ郷に住んでいたものは、むかし、いずれも百姓であったという。

それが次第に、田畑を幕府の御用地にめしあげられてしまったので、瓦を焼くことを職業とするようになり、河岸地に竈《かまど》をきずき、ひとかたまりになって住みついたのだ。

いま、どこの家からも、瓦を焼くけむりはたちのぼっていない。

瓦焼きの仕事はじめは、正月五日からであった。

家はいずれも戸をとざし、ひっそりとしている。

その瓦屋の家なみと家なみの間にある木立の中から、女がひとり、走り出て来た。

女にしては大柄な躰つきで、町家の女房のような風体《ふうてい》だが、

「ほう……」

虎之助が眼をみはったのは、その女が手に脇差の抜身《ぬきみ》をつかんでいたからである。

「逃がすな!!」

野ぶとい男の声が、どこかでしたかとおもうと、女を追って木立の中からあらわれた男たちが五人、いずれも刃物や棍棒をふりかざし、どっと女を取りかこんだ。

虎之助は、瓦屋の軒先へ身をひそめている。

お秀という女

一

五人の男のうち、二人は浪人体《てい》であった。その一人が、あたりを見まわして、こういった。

「かまわねえ、斬ってしまえ」

人通りは、まったくない。

瓦焼場の軒先へかくれている杉虎之助は、

（ほう……）

眼をみはった。

源森川を背にして、脇差をかまえていた女には、あの礼子ほどではないが、あきらかに、小太刀の一手二手はならったことが看《み》てとれる。

それが証拠に……。

「野郎‼」

わめき声をあげて匕首《あいくち》を突っかけようとする無頼どもが、女の打ち振る脇差にくびをすくめて、

「畜生……」

「お、女のくせに、なんてえ……」

だらしもなく、飛び退《しさ》る。

「ばか、なんというざまだ」

かわって、舌うちを鳴らした浪人ふたりが、女の前へ出た。

相変らず、川面を背にして脇差をかまえている女は、

(三十前後か……)

と、虎之助には見えた。

女にしては背丈の高い、豊満な肉置《ししお》きの躰をすこし、ちぢめるようにしながら、脱出の機会をねらっているようだ。

(いったい、なにがあったというのか……?)

おもいつつ、虎之助が軒先から足の位置を移しはじめた。

浪人二人が、ぎらりと大刀をぬきはなった。女の肩のあたりが、波をうちはじめる。

「かまわねえ、腕の一本も叩っ切るか」

うめくがごとく、浪人の一人がいい、大刀をひっ下げたまま、ずいと一歩をふみ出した。

「待て」

虎之助の声が、かかったのはこのときである。

振り向く五人の隙をうかがい、突然に、女が逃げ走った。

「こやつ!!」

気づいた浪人の一人が、ななめに身をひねって、女の背へ切りつけた。

「あっ……」

叫び声を発し、女がよろめいた。

虎之助が、一気に走り寄った。

源森川に水しぶきがあがった。

二人の無頼どもが、虎之助に投げこまれたのだ。早くも虎之助は、倒れた女をうしろにかばい、

「お前さん、逃げるからいけねえのだ」

と、いった。

「そうでございましたね」

なんと、意外に落ちついた女の声が、背後できこえた。

「そのぶんなら、傷は、大したことでもなさそうだね」

「あい……だいじょうぶでございます」

だまっていられないのは、無頼どもである。

「若僧、いのちが惜しくねえと見えるな」

浪人二人が大刀をかまえ、肉薄して来た。

杉虎之助の左手が、しずかに大刀の鯉口を切る。

浪人たちの怒号があがった。

刃《やいば》と刃が噛み合う、すさまじい音がきこえたのも咄嗟《とっさ》の間のことで、

「うわあ……」

「ああっ……」

悲鳴を発した浪人ふたり、どこをどうされたものか、刀を放り捨て、河岸道に転倒してのたうちまわった。

虎之助の腰に、鍔鳴りの音がした。

早くも大刀が、鞘へおさめられたのであった。

河岸道にのこっていた無頼の一人が、あたまを抱えるようにして逃げ去った。

源森川へ投げこまれた二人は、ようやく、向う岸へ泳ぎついたらしい。

対岸の、水戸家・下屋敷に沿った道を逃げ走る足音が、虎之助の耳にきこえた。

「さ、おいで」

と、虎之助が女をたすけおこした。

背中の傷は大したものではない。

「手をかしてやろう。歩けるかね？」

「あい……」

もたれかかってくる女の小脇へ左腕をまわすと、ゆび先に、女の乳房の裾のあたりがふれた。

むっちりと脹《は》った、いかにも重おもしげな乳房ではある。

女の体臭は、汗ばんでいて濃かった。

なにしろ、大年増である。

「あの男どもは？」

と、女が問いかけてきた。

なかなかどうして、落ちついたものだ。

「なに、右手を一つずつ、切り落しただけさ。死にはしないよ」

「ま、いい気味」

「私が通りかからなかったら、お前さん、いまごろ、どうしていたろうね」

事もなげな返事が、虎之助の耳もとへささやいてきた。

「死んでいましたろうよ」

浪人たちのうめき声を夕闇の河岸道へ残し、二人は歩み出している。

二

この夜。

虎之助は、途中でひろった駕籠へ女を乗せ、金杉のわが家へともなって来た。

灯《あかり》をうけた女を、あらためて見ると、やはり虎之助の推察どおり、三十をこえたかこえぬかという……美人ではないが、ぷっくりとふくらんだくちびるに血の色があざやかで、時折、虎之助へにっと笑いかけるとき、そのくちびるからのぞいて見えるまっ白な歯ならびが、いかにもこの女の健康をものがたっているようだ。

「お秀《ひで》、と申します」

と、女はかすれたようでいて、しかも、ひびきのよい声で名乗った。

「私は、杉虎之助という」

「杉、さま……」

「うむ。まあ、うつぶせになんなさい」

「どうなさいます？」

「ふっ、ふ……」

虎之助が笑い出して、

「きまっているじゃあないか」

「え……？」

「傷の手当をしてあげようというのだ」

「ま……」

お秀が、くっくっと笑い出した。

「悪さでもするとおもったのかね？」

「傷のことを忘れていたものでございますから」

「痛まないのか……」

「はい」

「だが、手当をせぬわけにもゆくまい」

「では、遠慮なしに……」

躰をくずしかけて、お秀が、

「でも、汗くさくて……」

「かまわぬさ」

「四刻《よとき》（八時間）もの間、汗みどろになっていたものですから……」

「ふうむ……そんなに汗をかいて、何をしていたのだね？」

「助けていただいた、あの近くの不動堂で手なぐさみをしていたのでございますよ」

その不動堂でひらかれている博奕《ばくち》場で、お秀は四刻の間に、とったりとられたりで、結局は、おのが躰をもとに札《ふだ》をまわしてもらったが、そのうちに……。

「どうにもならなくなってしまいまして……」

長時間を博奕で勝ち負けを争っていると、大の男でも汗びっしょりとなる。

それも、単なる労働によってながれ出る汗ではない。

躰を別にうごかしているわけではないのだが、博奕の昂奮と緊張とによるあぶら汗がしぼり出されるのであるから、その汗は一種特別の強烈なにおいがする。

さ、そこでお秀は、不動堂の物置へつれこまれ、あの男たちへ躰をあたえることになったわけだが、

「別に、かまわなかったのでございますけれど……なんですか、急にその、いやな気になりましてねえ。なにしろ、ごらんのとおりの男どもばかりでございましたから……ま、ああなると、わたくしも女でございますよ」

「ずいぶん、勝手なひとだね、お前さんというひとは……」

「ほ、ほほ……まったくもって……」

という〔ことばづかい〕が、あきらかに武家のものであった。

「ああしたところへ、よく行くのかね？」

問いかけつつ、虎之助がお秀の肩を軽く押した。うなずいたお秀は帯を解《と》いて、素直にうつぶせとなる。

なるほど、ひどい体臭であった。

池本先生も、虎之助を博奕場へつれて行ってくれたことだけは、

（一度もなかった）

のである。

（ふうむ……これほどにひどいものかな）

炉《ろ》にかけてあった釜の湯を桶にとり、台所から焼酎《しょうちゅう》をはこび、お秀の着物をはがして見た。

ここへ来る途中で、傷口へ手ぬぐいを当て、着物の上からひもで固定しておいた傷口は長さ四寸ほどだが、切口はごく浅い。血はとまっていた。

それにしても、実にみごとな裸形《らぎょう》ではある。

肩幅も背幅もひろやかで、背骨の両がわに、小麦色の背肉がもりあがっているのだ。

こうした躰つきの女を、虎之助も、かつて見たことがない。

当時の日本の女の、胴長でいて、腰の肉づきもなしに臀部《でんぶ》のふくらみへ至る、そうし

た躰つきにくらべると、お秀の肉体は、背肉からただちに、みなぎるばかりの腰の肉置きが張ってきており、のちにお秀が、

「どうも、わたくしは帯がむすびにくくてなりませぬ」

といったのも、うなずけることであった。

焼酎で傷口を洗い、膏薬《こうやく》を貼ってやると、お秀が、

「おお、冷《ひ》や」

といった。めずらしいことばづかいをする女だ。

「いま、湯をわかしてくる。ゆるりと躰をきよめたらよい」

「おそれいりましてございます」

身を起したお秀が、上眼《うわめ》づかいに虎之助を見やって、

「この家《や》に、お独りで……？」

「さよう。だが、なにもお前さんを取って食おうとはいわない」

「ま、そうしたわけでおうかがい申したのではございません」

「躰をぬぐったら、泊るとも去るとも、好きにしなさい」

三

夜もふけたことだし、浅出《あさで》にしろ傷をうけた身だ。着ていたものも泥だらけだし、血もついている。

お秀は結局、虎之助の家へ泊ることになった。

「人と人の縁《えにし》というは、まことにふしぎなものでね。この日、お秀に出合わなかったら、私の運命というやつは、おのずからちがったものになっていましたろうよ。いや、お秀に出合ったことが、すなわち私の宿命というなら、そうともいえましょうがね」

と、これは杉虎之助の〔語りのこし〕である。

「腹はへっていないかね？」

「へっております」

「私も、これから何か食べるつもりだ。餅がいいか、粥《かゆ》がいいかね？」

「お粥」

と、お秀がうれしげにいう。

こうした場面にたちいたったことを、お秀はたのしんでいるようである。

「よし。すこし待ってくれ」

「お仕度をして下さいますの？」

「いつもしていることさ」

「お手つだいを……」

「じゃ、まだね」

「ま、はっきりと申されますこと」

「それよりもなんだ。躰をぬぐったら着替えをするのだね」

「あなたさまの、お着物を？」

「ほかに何がある」

「うれしいこと」

お秀、妙に色っぽい眼つきになる。

虎之助が、熱い白粥の鍋と、茶わん、梅ぼし、香の物などを手ぎわよく膳に載せ、炉の切ってある茶の間へはこんであらわれたとき、お秀は、風呂場でぬぐった躰へ虎之助の薩摩絣《さつまがすり》をまとい、

「お世話をかけまするゝ」

両手をつき、きちんとあいさつをする。

「あらたまったね」

「いけませぬか」

「いいとも」

くずれた髪をおもいきって解《と》きほぐし、これをむぞうさに巻きまるめたお秀は、男の着物を着て少年のような顔つきになっている。

膳を置いたままの姿勢で、虎之助は、このお秀をまじまじと見つめ、身じろぎもせぬ。

虎之助の脳裡《のうり》には、中仙道を共に旅したときの礼子の男装がうかんでいた。

（女というものは、男の衣裳を身にまとうとき、子供のように、あどけなくなるものだ）

いまひとつ、男から見て、女が、あどけない顔つきになるのは、男の腕に抱かれているときである。

深川新地の〔百歩楼〕の遊女歌山などにしても、口の悪い客が、

「深川随一の盤台面《ばんだいづら》」

などというほどの面相《めんそう》なのだが、虎之助の胸へ、ぴったり顔を寄せているときなどは、まことにあどけないものだ。

江戸へ帰って来てからも虎之助、どこが気に入ったのか、あそびに出向くときは、いまのところ百歩楼の歌山一点張りであった。

（このところ、百歩楼へも無沙汰をしているなあ……）

虎之助の連想が、礼子から歌山へおよんだとき、

「どなたのことを、おもい出しておられます？」

お秀がいたずらっぽく、くびをかしげて、

「ま、しあわせそうなお顔」

「そう見えるかね」

「あなたさまほどのおひとから、それほどまでにおもいをかけられていなさる女のかたは、どこのどなたでございましょう」

「大仰《おおぎょう》な……さ、粥をどうだ？」

「いただきまする」

粥の香りが、湯気といっしょに鍋からたちのぼった。

「おいしい……」

おもわず、お秀が、

「朝早く、食べたきりでございました」

「なるほど」

うなずいて、箸をうごかしつつ、

「お秀、さんといわれたね」

「はい」

「金がいるのか？」

「え……」

「女だてらに四刻もの間、あぶら汗にまみれての博奕三昧《ざんまい》。ただのなぐさみごとともおもえないがね」

「おそれいりましてござります」

「事と、しだいによっては、すこしばかり用立ててもよい」

「お金を……？」

「ああ」

「では、おねがいを申しまする」

「何に、つかうね？」

「それを元手に……」

「また、博奕かね？」

「はい。京へまいります、道中の入費を……」

「ほう、京へね」

「はい」

「では、その道中の入費を用立ててあげよう」

「まあ……」

「十両もあれば、じゅうぶんだろう」

「かならず、御返しいたします」

「うむ」

食事をすますと虎之助は、となりの小部屋へ、お秀の床をとってやり、

「あとは、明日のことだ」

お秀の身の上については、なにも問おうとはしなかったし、お秀もまた、虎之助のことをすこしも訊かぬ。

炉端へごろ寝をし、夜具を引きかぶった杉虎之助がねむりに入ってから、どれほどの時がすぎたろう。

虎之助は、ふっと目ざめた。

小部屋との境の襖が、しずかに開き、お秀がこちらの部屋へ入って来る気配を、虎之助は背に感じていた。

三月三日

一

お秀がねむっていた小部屋へは行灯《あんどん》を置いてあるが、こちらにあかりはない。
炉の中の熾火《おきび》が、ちろちろと赤く見えるのみであった。
お秀が、虎之助の背中へすり寄って、ふといためいきを吐いた。
眼をとじたまま、虎之助は微動もせぬ。
と……。
その虎之助の左のくびすじへ、なまあたたかい女の呼吸が近づいてきた。
お秀の熱したくちびるが、虎之助のくびすじへ押しあてられ、
「もし、……」
すると虎之助が、いかにも、ものしずかに、

「む、むりをするなよ」

と、いったものだ。

「ま、お目ざめに……」

「あたり前だ。これでも私は、剣術つかいだからね」

「ああ、もう……あたくしは……」

「むりをするな」

お秀、こたえず。

衣ずれがしたかとおもうと、お秀は虎之助のうしろで寝衣をぬぎすててしまったらしい。

おもたげな乳房をひたと虎之助へ押しつけ、双腕《もろうで》を男のくびと小脇へさしこんできた。

「むりをするなよ」

「いや、いや……」

ゆっくりと、虎之助が寝返りをうった、その顔へ、お秀のくちびるが烈しく襲いかかった。

その翌朝……。

虎之助が目ざめると、台所の方から、味噌汁のにおいがただよってきている。

炉には、火が燃えていた。

裏の井戸端へ出て、虎之助は水をかぶった。

もう四ツ（午前十時）ごろになるのではあるまいか。

晴れわたった冬の陽ざしが、裏庭にふりそそいでいる。

躰をぬぐいつつ、虎之助が台所の方を何気もなく振り向くと、お秀が、土間から半身をのぞかせ、凝《じっ》と、下帯ひとつの虎之助の裸形を見つめていた。

のちに虎之助は、こう語っている。

「ともかく二人とも、たがいの身の上については、なにひとつ問おうともせず、語りもしなかったのですよ。ま、人間の暮しというのは千差万別ながら、つきつめて見れば、みな同じようなものでね。私も池本先生同様に、そうしたものをいっさい取りはらってしまったところから、人と人とのつきあいをしてきた男だし……お秀もまた、そうした女だったといえましょうな。人と人、男と女、人間の世の中というものは、いたって簡単なものですからねえ」

いかに闇の中とはいえ、お秀の両手は、くまなく虎之助の裸身をまさぐりつづけていたのである。男の肌に残るいくつもの傷痕にも気づいたはずだろうに、お秀はそのことを気配《けはい》にもしめさなかった。

おそい朝食が終ると、虎之助が、

「さて、お前さんの着るものをととのえて来よう。表通りに古着屋がいくらもある」

「お手数を、おかけ申します」

「お前さんが行って好みのものを買って来るといいのだが……その男装《なり》ではねえ」

「これでも、女のうちに入りましょうか」

「昨夜、とくと見とどけた」

「まあ……」

お秀のくびすじへ、見る見る血の色がのぼった。

「では、行って来る」

「お早く、おもどりを」

と、お秀の口調は、まるで女房気どりであった。

昼前に、虎之助が帰って来た。

お秀の旅仕度まで、ととのえて、

「京へ行くというのなら、これをつかいなさい」

「ま……なにからなにまで」

「すぐに発て、というのではないよ」

「なれど……」

いいさして、お秀はうつむいた。

「このまま、今夜も泊めていただいては……」

「このまま、居ついてしまいそうにおもえます」

「む？」

「なぜね？」

「あまりにも、居ごこちがよいものでございますから」

うなずいた杉虎之助、こだわりもなく、

「お前さんの好きにすることさ」

用意の金十両を、お秀の手へわたした。

「かたじけのうございます」

「私も……そのうち、京へのぼるやも知れぬ」

「ま……そりゃ、まことでございますか？」

「うむ。あるお人を、たずねさがしにね」

「美しいお方を？」

「いや、相手は、私の師匠だ」

「剣術の？」

「そうさ」

「京で落ちつくことができましたなら、すぐにでも、おたよりをさしあげます」

「むりをせぬことだ、何事にも、な」

「はい、おさとし、うれしゅうけたまわりました」

「冗談ではない。人にさとしをたれるがほどに、私はまだ老いぼれてはいないよ」

「まあ……」

「は、はは……」

「ふ、ふふ……」

間もなく、お秀は旅仕度を身につけ、去って行った。

見送りに立ちかける虎之助へ、
お秀は、人が変ったような甘え声で、

「そこに、おすわりになったままで」

「そうか……」

「あなたさまに、送られるのは、いや」

「では、ここにいよう」

「このつぎ、お目にかかるときは、あたくしの顔も姿も、まるで変っておりましょう」

いうや、お秀が部屋から走り出て行った。

ふしぎ、といえば、ふしぎな女ではある。

しかし、杉虎之助にとっては、別だんのことでもないのだ。ふしぎだというなら、恩師・池本茂兵衛のほうが、もっと不可解な人物だといえる。

その池本先生と、六年もの歳月を共に暮してきた虎之助なのである。

二

年が明けて、いずこからともなく、池本茂兵衛から大金が送られて来て、杉虎之助は、

（いつまでも、こうして甘えていてよいものだろうか？）

と、考えることがあった。

世の中も……。

いまは、幕府大老・井伊直弼の大弾圧により、上は公家・大名、下は諸国の浪士にいたるまで、

「幕府政治へ、はげしい不平不満を抱いているものたちは、鳴りをひそめた」

状況にあるといってよい。

だが、本所の山口金五郎叔父でさえ、

「きっと、このままじゃあすむめえよ」

そういっている。

「こいつはね、虎よ」

と、金五郎は、

「二百何十年もの間、代々の将軍《だんな》と幕府《こうぎ》に押えつけられてきた大名や、さむらいども、学者なんどという連中が、いっせいに起ちあがろうとしているのだ。それが証拠には見ねえ。薩摩だの土佐だの、ほんとうに実力《ちから》をもっている大名には、幕府もあたまが上らなくなってきている。そりゃもうね、お前も知っていようが……豊臣ほろびて徳川の世となってよりこのかた、将軍と幕府が、諸国大名を押えつけるためには、幕府家人のはしくれたる、この山口金五郎が考えてみても、ひどいことをしているのさ。代々の将軍のうちには、いいのもいたかわりにひでえのもいる。ひでえ将軍には、いつもいつも大名どもが、泣き寝入りをしてきたものだ」

さらにまた、

「いまはね、虎よ。いちおう世の中がしずまったかに見えるが、なかなかどうして、そうはいかねえ。おれなざぁ、いつも出かける深川や品川などで、いやもう、これまでにはまったく見かけなかったいろんなやつらの面を見るよ」

と、いうのだ。

得体の知れぬ浪人たちが、このところ、江戸の町へぞくぞく入りこんで来ては、また、いつともなく消えてしまう。

こういう連中は、人目にたつような場所に、決して顔を見せない。

だから、金五郎がひょこひょこ出かけて行くような岡場所やら諸方の博奕場や、裏町の旅籠や居酒屋などへ、ふらりふらりと姿をあらわす。

「寝る場所と、女を抱く場所と、酒をのむ場所……この三つは、どんな野郎にとっても欠かせねえものだからね。そうだろう、虎よ」

「その三つが、どこのだれにもうまく行きわたった世の中ならば、さわがしくもなりますまいがね」

「そうよ、そのことよ。つまりはそれなのさ。いまはね、さむらいてえものは、上は将軍《だんな》や諸大名から下はおれたちにいたるまで、みんな貧乏暮しよ。金はみんな、町人のふところへ入っちまっていらぁな。だから見ねえ、町人どもはあわてていねえ。さむらいどもが何をさわぎたてていやぁがる、と、せせら笑っているわさ」

「なるほど、ね……」

「それが証拠にごらんな。さむらいどもが、ぎゃあぎゃあ騒ぎたてている青い眼の毛唐《けとう》どもを相手に、一儲けしてのけようという……へ、へへ。町人どもは、ちっとも鉄の軍《ふ》艦《ね》なんか、怖がってはいねえのさ」

　のんびりしているようにみえても山口金五郎。相手が虎之助で、酒が入るとなると、なかなかどうして、よくしゃべるのである。

「それにしても、虎。お前はいいよ」

「と、申されますと?」

「なにが申されます、だよ。師匠が、どこからともなく金を送って来てくれる、りっぱな家はある。ちっとも食うに困らず、好きな剣術をつかって悠々たるものじゃあねえか」

「ま、それは……」

「それはもへちまもねえやな。たまには、この叔父を、百歩楼にでも連れて行かねえか」

「は。いつにでも、お供をいたしますよ」

「こいつ。いよいよ悠々泰然たるもんだね」

「私もね、叔父上。近いうちに何かして稼ごうとおもっていますよ」

「よせ」

とたんに山口金五郎が、妙におごそかな顔つきになり、

「お前のかわりに、お前の師匠がはたらいているじゃあねえか」

「池本先生が、はたらいておられる、と申されますと？」

「おれも、お前が師匠の素姓《すじよう》はちっとも知らねえが、何かしてはたらいていればこそ、金が入ってくるのだ。ま、何もしねえで、小金《こがね》をもらっているのは、おれみてえな貧乏御家人ぐれえなものだよ」

「なるほど、ね」

「して見れば、お前は師匠のおおせのとおり、剣術をつかっていりゃあいいのだ。つまらねえことをこそこそと考えるな、男らしくもねえ」

虎之助は、このところ、連日のように出かけては、江戸市中の諸道場をまわり歩き、手合せをたのんでいる。相手にしてくれるところもあるが、くれぬところもある。名の通った、大きな道場ほど、ことわられてしまうのだ。

しかし、虎之助が見たところ、そうした見識を誇示する一流道場よりも、小さな町道場などのほうが活気もあるし、すぐれた剣客も出入りしているようにおもえてならなかった。

三

正月がすぎ、二月も終ろうとしている。

(お秀は、ほんとうにうまく、京へ着けたろうか？)

道中切手もなしに、女のひとり旅で、

「どうするつもりだね？」

あのとき、虎之助がきくと、

「この十両をいただきましたからには、そのようなことは、なんでもございませんよ」

と、お秀はこたえたものである。

春めいてきたとはいえ、この年はなかなかに寒さが去らず、山口金五郎は風邪をこじらせ、二月の中旬から、ずっと床についたままだという。

三月一日の昼すぎになって、

(叔父上の見舞いに行ってみるか……)

と、おもいたち、虎之助が身仕度をしていると、京からの飛脚《ひきやく》が、お秀からの手紙と荷物をとどけて来た。

(ぶじについたのか……)

なんとなく、虎之助の胸もおどってくる。

たった一夜、肌を合せたからといって、これほどまでに女のことを忘れぬ、などということは、かつて虎之助になかったことだ。

だからといって、なにも、お秀に恋こがれているわけではない。

女というよりも、人として、

(なつかしいやつ)

と、おもうのである。

ろくに語り合ってもいないのに、たがいの勘ばたらきによって、たがいのすべてがわかってしまったような気もちになった。

もっとも、

(なにひとつ、わかってはいないのに……)

である。

虎之助は先ず、湯のみ茶わんに冷酒をなみなみとつぎ、これを一口のんでから、手紙をひらいた。

ようやくに到着つかまつりそろ。おかげをもって、どうやら、京師《けいし》の地へ住みつけるやにおもえそろ。なれど、拝借の十両、いますこし、お待ち下さるべくそろ。京は江戸と大ちがいにて、日夜物騒、一入《ひとしお》おもしろく存ぜられそろ。いずれ、落ちつきしだい、お知らせ申すべく……。

と、お秀は書いているが、まるで男の手紙のように、さっぱりとしたものであった。

手紙と共にとどけられた品は、一ふりの刀であった。それは、濃州《のうしゅう》・関の住人・兼房《かねふさ》作の脇差で刃長は一尺一寸余。いかにも戦国のころにつくられた刀らしく、ひろい身幅も反りぐあいにも、大らかな刃文《はもん》のみだれにも、

「む……」

おもわず杉虎之助、嘆声を発した。

お秀は、この脇差について、

「……亡夫かたみの品を、なにとぞ御受納下さるべくそろ」

と、書きそえている。

(あの女の亡き夫とは、いかなる人か。これほどの刀を所持していたからには、しかるべき武士であった、と見てよいのだろうが……)

ついにこの日、虎之助は金五郎叔父の見舞いに行かなかった。

つぎの日も、炉端にすわりこんだまま、お秀の手紙をくり返し読み、関兼房の銘刀を飽《あ》くことなくながめつつ、しずやかに冷酒を口へふくみ、夜に入るまでには約二升の酒をのみほしてしまい、

(叔父上の見舞いは明日にしよう)

そのまま、ぐっすりとねむってしまった。

そのころから雪がふり出していたようだが、虎之助はそれも知らぬ。

翌三月三日、桃の節句の当日。

虎之助が目ざめると、春にめずらしい大雪である。

(ほう、これはこれは……気ちがい雪だな)

今日もまた、足どめを食ったかと、虎之助が窓から、ふりしきる雪をながめているころ、江戸城・桜田門外では、登城する井伊大老の行列へ、水戸浪士に、薩摩浪士一名を加えた十八名が、いっせいに襲いかかっていたのである。

激　流

一

大老・井伊直弼《なおすけ》の行列が、上巳《じようし》の節句の賀詞をのべるため、外桜田の藩邸（現・霞ヶ関公園）を出たのは、五ツ半（午前九時）ごろだそうな。

明け方から風が加わって吹雪となり、積雪七寸におよんだ。

供まわりは、足軽、小者などをふくめて、およそ六十余人。

供まわりの士は、いずれも刀に雪水《ゆきみず》のしみこむのをふせぐための柄袋をつけ、雨合羽を着用していた。

行列が、藩邸の門を出て、江戸城の濠端を五百メートルほどすすみ、前方間近に桜田御門をのぞみつつ、松平大隅守屋敷の前へさしかかったとき、突如、襲撃をうけた。

水戸浪士たち十八名は、登城する大名行列を見物する態をよそおい、それぞれ武鑑を手にして、吹雪の中にたたずんでい、大老の駕籠が眼前に近づいたとき、諸方から、いっせいに突撃して来たのである。

大老側は、完全に虚をつかれた。

井伊大老の、勤王革命派弾圧の反動として、こうした襲撃がおこなわれる可能性はじゅうぶんにあり、

「外出時の供まわりの人数を増やすこと」

を、井伊に進言した人びともすくなくない。

これに対し、井伊は、こういっている。

「供まわりの人数は、公儀の定めるところである。大老たる自分が、みずからこれをやぶってはなるまい。それに、討たるるときは、いかにふせいだとて、かなわぬものじゃ」

戦闘は、それこそ、

「あっ」

という間に終った。

駕籠の中の井伊は、先ず、浪人の銃撃によって腰に重傷を負い、身うごきもならずにいたところを、引き出されて、首を打ち落された。

大老の首を打ったのは、水戸浪士にまじって只ひとり、この襲撃に参加した薩摩人の有村次左衛門である。

なんといっても、襲撃の場所が意外であった。

井伊藩邸と、行列が入って行く江戸城・桜田門とは、

「目と鼻の先」

と、いってもよい。

しかも、朝だ。

幕府権力の象徴ともいうべき場所と日時に、こうした奇襲がおこなわれようとは、大老側も、また世人も、

（おもいおよばぬこと）

であったろう。

その上に、激しい吹雪という条件がかさなっている。

吹雪は、大老行列の人びとの視界をさえぎってしまった。

そのことが、戦闘の前後にかけて、浪士たちの行動を有利にみちびいた。

この朝の吹雪がなかったら、状況はいますこし変っていたやも知れぬ。

「それにしても、だ」

と、山口金五郎は虎之助へ、

「こうなってはもう、徳川の天下もおしまいだよ」

つくづくと、ためいきをもらし、

「将軍《だんな》の本城の前で、大老が浪人どもに討たれる。こんな、なさけねえこともあるめえじゃあねえか」

徳川幕府の栄光と、徳川将軍の威風なぞ、

「薬にしたくも、ありゃあしねえ」

と、いうわけだ。

その場で斬死をした浪士は、水戸藩の稲田重蔵ひとりである。あとの浪士たちは、それぞれ、もよりの大名屋敷へ自首したり、逃亡したのちに捕えられて死罪になったり、重傷のため、間もなく死亡したりして、生き残って天寿をまっとうしたのは、二名にすぎない。

大老の首を打ち、これを抱えて逃げた有村次左衛門は、辰ノ口の遠藤但馬守《たじまのかみ》屋敷の辻番所前まで来て、重傷のため身うごきができなくなり、自殺をとげた。

有村のほかにも、当日、諸方へ散って自殺した浪士が数名いる。

井伊大老の首は、遠藤但馬守の家来が、有村の死体と共に発見し、これを屋敷内へ保管した。

それを知って……。

井伊家は、

「その首、家来の加田九郎太のものにござる」

といいたて、ようやくに大老の首を自邸へ引き取ることを得た。

加田九郎太は、当日、奮戦して即死していた。

杉虎之助にいわせると、

「魔がさすというは、こうしたものです」

なのだそうだが、結果的に見て、井伊家の失態はまぬかれない。襲撃をうけたことは、とうてい、かくしきれぬ。

だからといって、大老職たる井伊が、路上で斬殺されたとあっては、井伊家の、

「取りつぶし」

は、まぬかれがたい。

大名の不慮《ふりよ》の死は、事情の如何《いかん》を問わず、その家を断絶せしめるのが、幕府の大法であった。

そこで井伊家は、大老がいったん帰邸してのちに、

「追って病死した」

と、届け出ることにした。

そのための、

「政治的工作」

にも、井伊家は苦労をしたが、なによりも、幕府自体が井伊家の異変を好意的に処置

してくれ、やがて、直弼の子の愛麿が井伊家をつぎ、三十九代目の当主・井伊直憲《なおのり》となった。

二

そのころのことをふり返ってみて、杉虎之助は、こう語りのこしている。

「井伊大老が、勤王の志士たちを捕え、そのうちの重《おも》なる連中を死罪にしたという……安政の大獄のことについても、これが三十年も前のことなら、だれしも、当然のこととおもったでしょうよ。

なにしろ、水戸藩を中心にして、京都の朝廷や志士たちがむすびつき、いまの将軍や大公儀のすべてをひっくり返してしまおうというのでね。これはもう幕府にとっても大老にとっても、ゆるすべからざることであるのはいうまでもない。

しかも、ですよ。

せっかくにその、幕府が苦心のあげくに、アメリカをはじめ諸外国とむすんだ条約も、連中が天下をとったなら、いっぺんに引っくり返されてしまう。そうなりゃ、外国と戦さになって、さんざんにやっつけられてしまい、日本の姿かたちも、ずんと変ったものになっていましたろうよ。

だから、あれほどの弾圧《こと》をするのは幕府としても大老としても、あたりまえのことなので……と、まあ、これは当時の幕府や井伊さんの立場から申すと、こういうことになるのですがね。

さ、それがそうは行かなくなってしまった。それがその、時のいきおいというやつなのでしょうよ。申せば、このときまでの徳川幕府というものが、もう腐れかかっていたわけなので……そこへ、外国の勢力というものが押しよせて来て、これを相手に、いままでしたこともないやりくりをいろいろとしなくてはならない。そこへもってきて、内がわからは、天皇さまを押したてて、外国を追いはらってしまえ、などと尊王攘夷《そんのうじょうい》にこりかたまった連中がさわぎたてる、というわけ」

ま、幕府としては大変な苦境にたちいたったわけなのだが……。

そのたいせつなときに、どうも幕府の政治のちからというものが、じゅうぶんにはたらかないのだ。

「これはね。いろいろとわけもあるだろうが、なにごとにも形式《かたち》ばかりを重んじて、そりゃもう、あたまが痛くなるほどの手つづきをしなくては、役人ひとりうごかすことができないような仕組になってきてしまっていたから、いざというときには、まわりくどい、むだなことばかりをくり返すばかりで、いやもう何事にもらちがあかないことは、おどろくばかりだったのですよ。

そこへもって来て、前《さき》の将軍は病弱のこともあって、われ一人が天下をおさめようというちからもない。もっとも、そのころの将軍というものは、そうしたちからをふるい起すことができぬようになってしまっていたのですね。

政治《まつりごと》というものは、こういうものだという習慣とかたちの上で、なにごともすんできていた。

そこへその、大砲をつみこんだアメリカの艦《ふね》があらわれたのだから、たまったものではないのです。

このように、幕府はちからがおとろえてしまっていたから、外国の勢力に対して、国をまもるという大事をするについても、諸大名へ、これを命じなくてはならない。命じるというより、むしろ、たのむというかたちになってしまう。

これでは、ちからのある大名たちが幕府をばかにするのも当然というわけなのでしてね。

井伊さんは、こうしたいっさいのちからのおとろえを元へもどそうとなすった。しかも足もとに火がついているときに、急いでやらなくてはならない。

私はその、池本茂兵衛先生について歩き、ほれ、彦根城下の〔佐和屋〕へも何度か滞《たい》留《りゅう》していたこともあってか、どうもその井伊びいきになってしまうのかも知れませんがね。

足もとの火にせきたてられながら、急いで事をはこび、世の中をおさめて行かなくてはならない、ということになると、こいつはのろのろしてはいられない。強く出なくてはならぬときは強く、烈《はげ》しくやってのけなくてはならない。そこで井伊さん、やってのけた。徳川幕府の大老としてはあたりまえのことを、ね。ところが、幕府の威勢のおとろえにつけこんだ連中の、はねっ返りが来た。それで井伊さんは、やられました。

みなさん、いろいろに申されますがね。私や、叔父の山口金五郎などは、井伊さんをお気の毒におもいもし……また、しなすったことはちゃんと後に残って、日本の国の役にもたった、こうおもっていますよ」

三

それにつけても、

（いまごろは彦根城下が大さわぎになっているだろう）

と、虎之助はおもった。

桜田門外の異変が、彦根城下へもたらされたのは、三月八日であった。

彦根藩では、領内の要所に番所をもうけ、昼夜交替で、きびしく警備をおこなった。

ことに、城下の町すじにおける警戒は非常なもので、のちに佐和屋宗助からとどいた手紙によると、

「……旅人はむろんのこと、町に住み暮すものたちですら、町すじの番所で、いちいちお取りしらべをうけなくてはならず、それがめんどうだというので、町のものはめったに外へ出なくなったので、御城下は火の消えたようになりました」

そうである。

これは、虎之助が佐和屋宗助へあてて出した手紙の返事で、四月の中ごろにとどいたものであった。

虎之助は、今度の異変のことをおもうにつけても、池本茂兵衛の身がこころにかかり、佐和屋と、それから近江・水口の名本屋へ、

「その後、池本先生の御消息について、御存知のことあれば、お知らせねがいたい」

と、手紙を出したのである。

名本屋からは、当主の忠右衛門が、

「……私方でも、さっぱり消息をきかぬので心配をしているところなのでございます。私は、相変らず虎之助さんも御一緒のこととばかり、おもうておりましたので……」

と、返書をよこした。

文面の呼吸から見ても、名本屋忠右衛門がうそをいっているのではないことは、ただ

ちにわかった。

ところが……。

佐和屋宗助からの返書には、彦根城下の様子などを、単なる一商人として語っているのみで、かんじんの、虎之助の問いかけに対しては、一言もふれていないのである。

（これは……？）

虎之助は、なにか胸さわぎがしてきた。

（おれの手紙が、読めなかったわけでもあるまいに……）

佐和屋は、池本茂兵衛のことについて、

（語りたがらぬのか……それとも語るべきこともないのか？）

それならそうと、書いてよこしそうなものではないか。

「やはり、な……」

虎之助は、声にのぼせて、

「そうか……」

つぶやいた。

池本茂兵衛と虎之助は、なにも問わず、なにも語らずの師弟であったけれども、共に暮した六年間のことをふりかえってみて、さらにまた、今度の佐和屋宗助からの返書の行間にただよっている無言のことばを感じとったとき、

（池本先生は、幕府《こうぎ》の隠密《おんみつ》の御用をつとめておられた……いまも、その役目を果しているのではないか……）

虎之助は、そう直感をしたのである。

その直感が適中しているなら、あの礼子と茂兵衛とのことも、なにやら、おぼろげながら、

（わかるような気がする……）

のである。

あのとき……。

虎之助が茂兵衛にたのまれ、男装の礼子をつれて中仙道を彦根へおもむいたとき、これを追って来た五人の刺客を、

「いずれも、江戸の薩摩屋敷のものたちです」

と、礼子がいっていた。

これは礼子が薩摩藩から追われているのを池本茂兵衛が助けた、ことになるのだ。

薩摩七十七万石・島津家は、当今の諸大名の中でも、随一の、

〈実力派〉

といってよい。

ことに、九年前の嘉永四年。

島津斉彬《なりあきら》が藩主となってからの薩摩は、その経済力と武力にものをいわせ、幕府政治の中核となって行った。

薩摩の国は、大洋にのぞみ、本州の最西端にある。

当時の日本にあって、この国ほど、外国文明を吸収するに有利な国はなかったろう。

英明な島津斉彬は、この国の主《あるじ》であった。

斉彬は、いち早く〔洋式の軍備〕をととのえはじめた。

斉彬は、電信やガス灯の実験、製作をこころみたり、外国から最新式の紡績機械まで買いつけている。

この島津斉彬が、そのころの老中・阿部正弘とむすびついた。

阿部正弘は、井伊大老就任以前の幕府最高の実力者であった。

島津家が、幕府政治に強力な地位をしめるにいたったのも、当然だ。

この二人に、松平慶永《よしなが》（福井藩主）や伊達宗城（宇和島藩主）などの実力派大名が加わり、水戸藩と共に、

「つぎの将軍家には、ぜひとも、一橋慶喜《ひとつばしよしのぶ》公を……」

との運動を推しすすめて行った。

これらの大名グループは、

〔幕府政治の革新派〕

といえよう。

これに対して、

「つぎの将軍は、紀州家の慶福《よしとみ》公を……」

と、主張する井伊直弼などの大名たちは、〈保守政党〉というべきであろう。

革新派に残念なことは、島津斉彬と阿部正弘が、相ついで、急死してしまったことだ。

そして……彼らにかわって幕府政治の中核となった井伊もまた、無惨な死をとげてしまった。

父

一

虎之助が礼子と道中をしたころの薩摩藩は、斉彬亡きのち、腹ちがいの弟・島津久光の子の忠義が藩主となっていた。

これは、斉彬の遺言であって、

「忠義の後見を、久光がするように……」

とのことだ。

だから、幼少の忠義よりも、薩摩七十七万石の実権は、島津久光にあるといってよい。

そこへ、あの〔安政の大獄〕となった。

井伊大老によって、幕府・保守派は息を吹き返した。

革新派大名の一人として、薩摩藩は、くびをすくめなくてはならぬ立場へ追いこまれた。

ともあれ……。

幕府としては、島津斉彬在世のころから、薩摩藩の実力を警戒すること、非常なものがあったのだ。

そこで……。

(礼子も、池本先生とかかわり合いのある隠密の役目についていて、江戸の薩摩屋敷へ侍女か何かになって入りこみ、様子をさぐっていたのではあるまいか？)

という、杉虎之助の推測もなりたつのである。

(おれも、京へのぼってみようか)

虎之助としては、こうなると池本茂兵衛のことが、

(気がかりでならなくなってきた)

のであった。

井伊大老亡きのち、またも薩摩藩は〔革新派〕の輿望を、一身にうけているかたちなのだ。

すると……。

五月に入って間もなく、浅草・駒形の鰻や〔中村〕の主人・房吉がたずねて来て、

「どうしたわけのものでございましょうかね。たてつづけに、また、池本先生からお便

りが……」

　と、虎之助へ茂兵衛からの手紙をさし出した。

「どこからだ?」

「今度は、馬関《ばかん》（下関）から、飛脚がまいったので」

「なに、馬関……」

「はい」

「ずいぶんと、遠くからだな」

「まことに……」

　虎之助も、馬関には行ったことがない。

　急いで、手紙をひろげる虎之助の手ゆびが、かすかにふるえているのを房吉は見た。

　茂兵衛は、こういってきている。

「……時勢、いよいよ急。なればこそ、尚更に、ゆるりゆるりとお暮し下されたし。他事ながら、当方相変らず、いささかも御案じなさるまじく。いささか、百歩楼などへおはこびのもの、おとどけ申しそろ」

　例によって、簡短《かんたん》きわまる文面である。

　百歩楼へ行って遊んでおいで。その小づかいをおとどけした、という金は、三十両であった。

現代の価格にして二百万円ほどにもあたろうか。

この正月に、金五十両。さらにまた三十両。

これはいったい、

(どのような、おつもりなのであろうか？)

虎之助は、判断に苦しむばかりだ。

自分の弟子へ、このようなことをする師匠が、この世にあろうか。

「先ず、ねえなあ」

と、山口金五郎はいう。

「まことに困りました」

「ま、いいではねえか。金をもらって困る、ということはねえ」

「叔父上。さしあげましょうか？」

「金を、か？」

「はい」

「いらぬよ」

さっぱりしたもので、

「おれは、稼いでいる」

博奕《ばくち》で、と、いいたいところなのであろう。

「ま、よくよく考えることだな、虎之助」

「は……？」

「池本先生のことを、よ」

「はい」

「先生が、この、すさまじい世の中に生きている若いお前に、なにをのぞんでおられるか、ということをさ」

「考えます」

「一生、考えていてもいい。それだけでも、お前ひとりの生涯のねうちが出ようというもんだ。まあ、たがいに、のんびりとやろうじゃあねえか」

「はあ……」

「ときに、虎よ。このごろ、三味線堀の兄貴……お前の父上がな、だいぶんに元気だぞうな」

「それは、ようございました」

「この間な、とうとう、おれは言ったよ」

「何をで？」

「お前が、江戸へもどって来たことをさ」

「つまらぬことを……」

「びっくりしやがった、兄貴どのめ」

「それで?」

「む……」

「会いたい、とは申されませんでしたろう」

金五郎が、あたまをかいて、

「いかさま、な。会いたくとも、お前に来られては困る。いやはや、後ぞえが生んだ子を跡つぎにきめたからには、実の長男にも会えぬという……まことにもって、ばかばかしいはなしさ」

それでいて、杉平右衛門は金五郎に、

「これからは月に一度、かならず、やって来てもらいたい。共に、酒をくみかわそう」

なぞという。

これはなにも、

「おれの面《つら》を見たいのではない。女房どのに内密《ないしょ》で、そっと、お前がことをききたいのだ」

と山口金五郎がいった。

二

杉虎之助が、父、平右衛門と偶然に出合ったのは、この年の五月はじめの或日のことであった。

前夜。虎之助は深川新地の百歩楼へ泊っている。

例によって、相手の娼妓《おんな》は歌山であった。

百歩楼のあるじ幸右衛門も、

「それほどに歌山が……」

おどろいている。

深川新地は、なかなかに格式も高く、同じ妓楼であそぶからには、いったんなじみとなった女を捨てて、他の女を相手にすることを、客として、つつしまねばならぬ。

だからといって、新地名物の〔盤台面《ばんだいづら》〕の歌山へ、虎之助ほどの、

「いい男が、なんで……?」

百歩楼の他の娼妓たちが、くびをかしげているとか。

そのかわりに、もう歌山としては大得意であって、虎之助が来れば、あらんかぎりの誠意《まこと》をつくしてもてなしをする。

山口金五郎も、虎之助と共に百歩楼へ来るたびごとに、

「あの歌山、どこがいいのだえ？」

けげんな顔をするのだが、

「他人には、わかりませんよ」

虎之助は、にやりとしてこたえる。

「そうかえ。おれから見るとあの女、顔も躰も、とんとしまらねえようにおもえるが……」

「他人の知ったことではありませんよ」

「勝手にしやがれ」

その日。

杉虎之助が百歩楼を出たのは、四ツ（午前十時）をまわっていたろうか。

朝起きて、湯を浴び、歌山と共にゆっくりと酒をのんだ。

そのあとで、大根おろしへ梅干の肉をこまかくきざんだものをまぜ合せ、これへ、もみ海苔と鰹ぶしのけずったものをかけ、醤油をたらした一品で、炊きたての飯を食べる。

この一品。名を〔浦里《うらさと》〕といい、吉原の遊里で、朝帰りの〔なじみ客〕の酒のさかなや飯の菜《さい》に出すものだが、深川でもこのごろは、名の通った岡場所なら吉原のまねをして浦里を出す。

歌山なんぞは、自分でこれをこしらえてきてくれる。

ちょいと、その、うまいものだ。

さて……。

百歩楼を出た杉虎之助が、永代橋の東づめから、初夏のそよ風にほろ酔いの頬をなぶらせつつ、橋をわたりはじめる。

まっ青に晴れあがった空の下、永代橋を往き来する人びとの頭上を、しきりに燕が飛び交っていた。

虎之助は、東から橋をわたって行く。

杉平右衛門は、若党の井田勘七と、小者ひとりをしたがえ、西づめから永代橋へかかる。

これが、橋の中央でばったりと出合ってしまったものだ。

平右衛門より先に、虎之助のほうが気づいた。

平右衛門としては、あまりにも変貌したわが子を、すぐにはそれと気づかなかったようであった。

「あっ……」

平右衛門より先に、若党の井田勘七が、
低く叫んだ。

勘七は、七年前まで、父の屋敷に逆境の身を置いていた虎之助を、なにくれとなく親切にいたわってくれた男である。

虎之助としても、逃げ出すこともない。

「これは……」

父の前へ行き、しずかにあたまを下げ、

「虎之助にございます。久しゅう、無沙汰をつかまつりまして」

あいさつをした。

杉平右衛門は、ぽかんと口を開けたまま、ことばも出ぬ。

（こ、これが、虎之助か……？）

とても、信ぜられぬといった顔つきなのである。

杉平右衛門、ときに五十五歳。

山口金五郎叔父は、元気になった、といったけれども、虎之助から見ると、まるで七十の老翁にもおもえるほどの老けこみようであった。

「と、虎之助か……」

「はい」

「ふうむ……」

平右衛門が、よろめいた。

衝撃が強すぎたのであろう。

「金五郎より、ききおよびしが……かほどまでに……」

ようやく、平右衛門が口をひらき、

「ようも……ようも、みごとに成人をしてくれた」

いって、うなだれてしまった。

その父の様子には、ふかいふかい悔いのおもいがこめられている。

三

杉平右衛門はこの日、深川・北川町にある万徳院という寺の和尚を訪問すべく、永代橋をわたって来たのである。

万徳院は、杉家の菩提寺であった。

「ようも……ようも成人……」

いいさしては平右衛門、満面を泪《なみだ》のぬれるにまかせ、ろくにことばも出ぬ。

「みなみな、御変りもございませぬか？」

「うむ、うむ……」

弟の金五郎から平右衛門がきいたところによれば、わが子の虎之助を、かほどまでに丹精こめて育てあげてくれた人物は池本茂兵衛という剣客だとか……。

それをきいているだけに、平右衛門は面目なくて、わが子へあたまが上らぬのだ。

「これは……」

と、虎之助早くも父の胸のうちを察し、

「ここにいては、おはなしをうけたまわることもなりますまい」

「む……」

「父上。近きうちに、一度、私の家へおはこびねがえますまいか」

「家……家があるのか?」

「金杉にございます」

「ほう……」

「金五郎叔父上をもって、そっと、お知らせをいたしますゆえ……」

「そ、そうか、そうしてくれるか」

「その折に、ゆるりと……」

「うむ、うむ……」

「これ、勘七」

と、虎之助が若党をよび、

「父上をたのむ」

「は、はい」

「お前も、堅固で何よりだ」

「わ、若旦那さま……このように、すっかり、御丈夫に……また御立派におなりあそばしまして……」

「ありがとうよ」

「ゆ、夢を見ているようにおもえまする」

すると、杉平右衛門がふりむいて、

「うむ。まさに……夢を見ているような……」

何度も、うなずいた。

小者は、虎之助が知らぬ男であった。虎之助が出奔《しゅっぽん》してのちに雇い入れられたのであろう小者は、三人の様子をながめ、きょとんとしている。

「では、父上。いずれ御拝眉の上……」

「うむ、うむ……」

虎之助はそこに立って、永代橋を東へわたって行く父を見送った。

杉平右衛門は、何度も何度もこちらを振り向いて見ながら、橋の彼方へ去った。

虎之助も、橋を西へわたる。

そのとき、何か妙な予感をおぼえた。

「なんと申したらよいのか……ふっと、ああ、もう父とは、これきり会えないのだな、と、こうおもいました」

と、のちに虎之助は、

「それにしても、永代をわたって、どこをどう通って金杉の家へ帰ったのか、それをよくおぼえていないのですよ。気がついてみると、私は、道場にすわっていましてね。着物の襟もとが、まるで雨にでもあったように、ぬれているのです」

と語っている。

それは、虎之助の泪であった。

虎之助の予感は、適中した。

三日後の朝。

虎之助が道場へ出て、満身の汗にまみれ、十貫目の振棒をふりまわしているところへ、

「おい、居るか!!」

山口金五郎が血相を変えて駈けこんで来た。

すると、だ。

杉虎之助が振り向きざま、

「父上が亡くなられましたね」

と、いったものである。

金五郎は後のことばが出なかった。

「し、知って、いたのか？」

「いいえ……叔父上の声をきいたとたんに、そう感じたまでです」

「ふうむ……」

「急のことで？」

「うむ。昨夜おそくな、何やら書きものをしていて、急にその、倒れたそうな。心ノ臓だという」

「なるほど」

「ああ、……ついに、兄貴に、このお前の姿を見せることができなかった……」

「叔父上。三日前に、私は父上にお目にかかりました」

「げえっ……」

「永代橋の上で……」

いいさして虎之助は、振棒を置き瞑目《めいもく》をした。

伊庭八郎

一

杉虎之助は、父の葬式に列席をしなかった。

山口金五郎が、このときだけは眼の色を変え、

「そりゃ虎之助、親不孝というものだ。人の道にはずれることになるぞ」

めずらしく、神妙な勧告《かんこく》をしたものだ。

それもこれも、金五郎は、立派に成人をした甥の虎之助を、

(ざまあ、見やがれ)

とばかり、杉家の後妻のお峰に見せつけてやりたいのであった。

お峰が生んだ源次郎は八歳になってい、故平右衛門の実直な人柄もあって、杉の家督をつぐことも順調におこなわれるらしい。

いまの虎之助にとっては、二百俵の家の当主におさまることなど、何の意味もないことやも知れぬ。

だが、少年のころの虎之助が周囲《まわり》のものたちから、どのような眼でながめられ、どのようなあつかいをうけてきたか……それをおもい出すと、山口金五郎は、

（ぜひとも、いまの虎之助を見せつけてやりたい）

のである。

ことに……亡兄・平右衛門の後妻になってからのお峰は、わが腹をいためた源次郎を得るや、病弱の虎之助がかかりつけの医者だった大沢道伯の出入りをさしとめ、

（おれから見ると、お峰め。たしかに、虎之助のいのちをちぢめにかかりゃあがった）

と、いまも金五郎は、そう信じているのである。

だからこそ、尚更に、お峰へ虎之助を見せてやりたい。

（あの女め、度胆をぬかれるにちげえねえ）

その、お峰の、

（面《つら》が見てえ）

のである。

「行こう。おれといっしょに、ぜひとも行こう」

金五郎は、いいつのったけれども、

「それにはおよびますまいよ」

虎之助は、しずかにかぶりをふるのみであった。

「だが、おぬしは、死んだ兄貴どのの実の長男だ。葬式に出ねえという法はあるめえ」

「なあに、叔父上。葬式なぞというものは、かたちだけのものでね」

「これ、それはすこし、いいすぎではないか」

「さいわいにも、天は私に、あの日、永代橋で父上に会わせて下された。このときにもう、すべてはすんでいるのですよ」

「ばかをいえ」

「いまここで、私が父上の葬儀の席へあらわれたところで、それは杉の母や弟を困惑させるだけのことでしょう」

「それこそ、ばかなことだ。おぬしは何故、あの女に遠慮をするのだえ？」

「遠慮ではありませんよ」

「では、何だ？」

「なんということもありません」

いまの虎之助は、義母のお峰や弟の源次郎のみか、杉の家柄についても、まったく関心がない、といってよいのである。

そうした家族や、家柄やらから切りはなされた父・平右衛門の冥福をいのることにお

いては、

「私ひとりで、いたせばよいことなので、ね」

と、虎之助はいうのだ。

「勝手にしやがれ」

金五郎叔父は、腹をたてて帰ってしまった。

父の葬儀がおこなわれるという日の午後になって……。

虎之助は家を出ると、上野山内を谷中へぬけ、八軒町の石屋へ行き、墓石をあつらえたものだ。

「このように、たのむ」

虎之助は、みずから描いた図面を出して見せた。それは、墓というよりも、小さな碑《いしぶみ》のようなもので、表面に、

〔杉平右衛門之墓〕

とのみ、書かれている。

のちに、この墓が出来あがると、虎之助はこれを、金杉のわが家の裏庭の一角へすえ置き、植木屋にたのんで、まわりに南天を植えこませた。

折しもあらわれた山口金五郎が眼をむいて、

「おい、こりゃ、その、なんのまねだえ？」

「父上の墓です」

「なにをいう。骨の入っていねえ墓がどこの世界にある」

すると、虎之助が、

「骨はなくとも、人のまごころがつくった墓ならば、それはもう、立派な墓なのですよ」

「ば、ばかな……」

「ばかではありません」

と、このとき虎之助がひたと金五郎を見つめて、

「叔父上にも似合わぬことを申されるではありませんか」

低いが、するどい声でたしなめたという。

帰宅してから山口金五郎が、妻女のお浜へ、

「いや、そのときの虎の眼つきのおそろしさというものはなかったよ。いや、怒っていたのではない。だがな、何かこう、あいつの眼の中がぴかりと光って、そのとたんに、おもわず、ぶるぶるっときた。いやもう、そのなんだよ。虎之助にはとてもかなわねえ。いうまでもねえことだが……、理は、あいつのほうにある。なるほど、虎のいうとおりだ。これまでのおれの胸の中には、小さいころのあいつの姿が、まだ消えねえでいて、なにかにつけてはあわれなおもいもせぬではなかったが……いまの虎之助は、そんなところをとっくに越えてしまっているのだ」

二

この年の動乱につぐ動乱の中で、幕府は、アメリカへ使節を派遣している。

これは、アメリカとの通商条約がむすばれたからには、

(一日も早く、外国の文明を見聞しておきたい)

という幕府首脳の考えから出たことであった。

もちろん、アメリカはこれをよろこび、日本使節を乗せるための軍艦・ポーハタン号を、わざわざ日本へまわしてよこした。

この使節一行が、ポーハタン号に乗り組み、日本を出て行ったとき、大老・井伊直弼はまだ存命だったのである。

ところが……。

日本使節一行が、ハワイからサンフランシスコを経て、アメリカの首都・ワシントンに到着したときには、すでに井伊は桜田門外に殺害されている。

アメリカにある使節一行は、このことをまったく知らなかった。

使節たちは、アメリカで大歓迎をうけ、あらためて、

「開港のことを恐れすぎていたようだ」

との認識を新たにしたそうな。

ワシントンで大統領・ブキャナンとの間に通商条約の調印をすませた一行は、四月二十三日にフィラデルフィアに到着し、ここで、米国新聞により、はじめて、桜田門外の異変を知ったのである。

正使の新見豊前守が、

「この新聞には、大老の御駕籠が襲われた、とのみ記してあるが……」

しきりに心配するのを見た目付役の小栗上野介《こうずけのすけ》が、

「たとえ、大老の行列を浪士どもが襲うたにせよ、御駕籠わきへは、とうてい近づくことはなりますまい」

と、いった。

「なるほど。それもそうじゃ」

一行は、大老の死については、ほとんど信じていなかったようだ。

幕府が大老の死を、しばらくは秘密にしておいたから、アメリカへのニュースも漠然としたものであったらしい。

使節一行は、ニューヨークから米艦に乗り、コンゴ、ケープタウン、ジャワを経て、香港《ホンコン》へ立ち寄った。

このとき、日本の長崎にいたトンクル・キュシュスという外国人が香港へ帰りつき、この男の口から、大老暗殺の事実が、はじめて、使節たちに知らされたのであった。

日本使節一行が、日本へ帰ったのは、この年（万延元年）九月二十七日である。

それは、現代の十一月初旬にあたる。

杉虎之助が、剣客・伊庭八郎に出合ったのも、ちょうどこのころではなかったろうか。

「さよう。八郎さんに、はじめて出合ったのは、たしかに万延元年の秋の暮れ、かとおもいます」

虎之助自身、そう語っている。

「私の家のとなりの、安楽寺の境内にある大銀杏がすっかり黄ばんで、それはもうあざやかな色彩《いろどり》になっていたのですから……その日、私は金五郎叔父から呼び出しをうけましてね」

山口金五郎の老僕・与平が、虎之助の家へあらわれ、

「旦那様が申されますには、暮れ六ツに、上野広小路の鳥八十《とりやそ》まで、おこしねがいたいとのことでございます」

と、つたえた。

与平も、六十五歳になっている。

「鳥八十、ねえ」

「はい」

虎之助は苦笑をもらした。

金五郎は、博奕《ばくち》でもうけたにちがいない。

〔鳥八十〕といえば、上野の広小路でも古い料亭で、鳥料理が自慢の店だ。

虎之助は一度も行ったことがないけれども、評判は耳にしている。

金五郎は、鳥八十へ虎之助をまねき、ゆっくりとのんでから、深川へでもくりこもうというつもりらしい。

与平がいうには、

「まことにめずらしいことでございまして……旦那さまが今朝方おもどりになり、御新《ごしん》造《ぞう》さまへ、金二十両もおわたしなされました」

「ほう……それは、まさにめずらしい」

よほどに金五郎、もうけたものと見える。

「そうか、それなら遠慮なしに御馳走になろうか。叔母上へ、くれぐれもよろしくつたえておいてくれ」

「かしこまりました」

与平も、にこにこしながら帰って行った。

夕暮れが近づくと、虎之助は薩摩絣の着ながしに茶献上《けんじょう》の帯、といういでたちで家を出た。

袴をはかぬ虎之助も、めずらしいことではある。

三

「よ。来たな」

と、鳥八十の二階座敷に待ちかまえていた山口金五郎が、

「今夜は、たっぷりと、お返しをするよ」

上きげんであった。

いつもは、虎之助に馳走されることが多いからであろう。

「ここには、鎌吉という板前がいてね。こいつ若いが、そりゃあもう、しっかりしたものだ」

金五郎叔父のいうように、鳥八十の料理は、なかなかのものだ。

自慢の鳥料理はさておき、しめ鯛に煎酒《いりざけ》とわさびをあしらったものや、鴨のしんじょの椀盛もけっこうなものであったし、

「これは……」

おもわず虎之助が舌つづみをうったのは、香の物の浅漬《あさづけ》のうす打ちと味噌漬の茄子であった。

「つまらねえものをよろこぶのだな、おぬしは……」

金五郎が、あきれはてて、

「それなら、ここへ夏に来てみねえ。よだれが出るほどの香の物を食べさせてくれるぜ」

と、いった。

それは、鳥八十名物の〔雷干《かみなりぼ》し〕のことである。白瓜の中に塩をふりこみ一夜圧《お》しをかけてから中心に細竹をもってつらぬき、これを小口から螺旋状《らせんじょう》にくるくると長くつないぎ切りにし、夏の晴天に半日ほど懸《か》け干したやつを食べよいように切って醤油をそえる。

これを雷干しといって、どこの町家でもすることだが、鳥八十のそれは、

「ま、いろいろと手もかけるのでしょうが、あの雷干しの味だけは、いまもって忘れません」

虎之助も、そう語っているほどのものだ。

この夜。

虎之助は、叔父を本所の家まで送りとどけるつもりでいた。

しかし金五郎は、

「深川へくりこもう。百歩楼へ行こう」

気負いたってやまない。

金五郎は、この年ちょうど四十歳で、むかしから肥り気味であったのが、いよいよ腹

がふくれ出し、

「叔父上のような躰つきでは、深酒も夜ふかしもてきめんにいけないのですよ」

しきりに虎之助が帰宅をすすめても、

「いや、夜だけはおぬしに負けねえ。ぜひとも百歩楼へくりこまなくては、おれの気がすまぬ」

いつもに似合わず、執拗《しつよう》にいい張る。

時刻は五ツ（午後八時）ごろであったろうか。

虎之助も仕方なく、叔父に同意をし、深川へ行くことになり、金五郎が駕籠をいいつけたので、

「すぐ、もどります」

手洗いに立った。

二階の小廊下をまがったとき、女の叫び声がきこえた。

見ると……。

廊下の突当りで、若い女中を取りかこんだ勤番侍が、酔いにまかせていたずらをしかけているのである。

勤番侍というのは、諸大名の国もとから交替で江戸へ出て来て、それぞれの江戸藩邸に勤務するものである。

ずっと、江戸づめでいるさむらいなら、料亭の廊下で女中に悪さをするようなまねはせぬものだが、そこはそれ、国もとからたまさかに江戸へ出て来る勤番の士《もの》ゆえ、ついつい、お里が出てしまうのである。

若い女中は、胸もとへ手をさしこまれ、のけぞるかたちになるのを、三人の勤番侍が、右手の座敷へ引きずりこもうとしている。

(これは、ゆるせぬ)

虎之助が、一歩ふみ出した瞬間であった。

廊下の左がわの座敷からあらわれた若いさむらいが、

「もし……」

と、声をかけ、

「客商売の内中《うちなか》でもありますれば、おしずかにねがいたい」

ものやわらかに勤番侍たちをたしなめた。

これが、伊庭八郎であった。

虎之助が見たところ、

(二十三、四歳に……)

おもえたが、実は伊庭八郎、ときに十八歳。

八郎の家は、杉家と同様に高二百俵の幕臣であり、しかも心形刀流《しんぎょうとうりゅう》の剣家《けんか》として世に知られ、御徒町《おかちまち》の道場へあつまる門弟は千余といわれた。

その伊庭道場の跡つぎである八郎なのだが、杉虎之助は、八郎をはじめて見た印象を、

「まるで、十年前の私を見たようにおもいましてね」

と、いっている。

勤番侍どもは、女中を捨て、いっせいに殺気だち、伊庭八郎を取りかこんだ。

心形刀流

一

「おのれは、どこのだれじゃ!!」

「名乗れぇ!!」

「わしらは、これ、ここの客じゃぞ」

三人の勤番侍は、伊庭八郎を取りかこみ、口ぐちにわめきたてる。

さわぎをきいて、階下から女中たちや、鳥八十の内儀も駈けつけ、

「あれ、伊庭さまが……」

びっくりして駈け寄ろうとするのへ、

「ま、お待ちなさい」

と、杉虎之助が内儀をとめ、

「じゃまになるよ」

「け、けれども、あの……」

「大丈夫だ」

そこへ、山口金五郎が飛び出して来た。

「虎之助、どうした？」

「いま、おもしろいものが見られましょうよ」

と、虎之助が鳥八十の内儀へ、

「いま、伊庭さんといったね？」

「はい」

「すると、御徒町の伊庭道場の……？」

「はい、若先生でございます」

それを横合いからきいて山口金五郎が、

「へへえ、あれが……」

眼をまるくしている。

この間にも、伊庭八郎は自分の座敷の前の廊下が手洗いの方へ曲がるところで、いくらか広くなった場所へ何時の間にか躰を移し、きっちりと両手を袴のひざの上にそろえ、あたまを下げていた。

その八郎を、三人が、まるで小突きまわすようにして罵詈雑言《ばりぞうごん》のかぎりをつくしている。

老けて見えるが、いかにもか細い八郎の躰が、そのたびにぐらぐらゆれるものだから、

「おい、虎之助。お前、あいつらを叩きつけて、伊庭さんを助けろ」

たまりかねて金五郎叔父がささやくのへ、虎之助がにやりとして、かぶりを振ってみせた。

「畜生め。と、とんでもねえ、芋侍だ」

叫びつつ、このとき階下から駈けあがって来たのが、ここの料理人で伊庭八郎ひいきの鎌吉であった。

鎌吉が、手につかんだ出刃庖丁を振りかざして突進しかけるのを、またも虎之助が押え、

「出るには、およばないよ」

こういった瞬間。

「おのれ、無礼な……」

怒鳴った勤番侍の一人が、腰の脇差をいきなりぬきはらった。

あやまりつづけていた八郎が、ついに癇《かん》をたて、なにか、痛烈にいい返したものとみえる。

「あれぇ……」

あやうく、勤番侍のはずかしめをうけようとした若い女中が、内儀へすがりついた。

「わあっ……」

脇差をつかんだ侍が、悲鳴をあげ、八郎の頭上へふわりと舞いあがったように見えた。

そして、手すりをこえたそやつの躰が見えなくなった。

手すりの下の中庭へ、投げ落されたのであった。

次の瞬間には、残る二人の勤番侍が、山口金五郎の形容をもってすると、

「将棋の駒を倒したように、ばたばたっと……」

仰向けに廊下へ転倒し、泡を吹いて気をうしなっていた。

八郎の当身をくらったのであるが、

「いやもう、そのときの伊庭さんの躰のうごきというもなあ、実に、目にもとまらなかったよ」

と、金五郎は、帰宅してから妻女に語ってきかせたほどだ。

これを見ていた他の客や、女中たちが、驚嘆の声を発したとき、八郎の姿は自分の座敷へ吸いこまれ、しずかに襖が閉じられていた。

「ざまあ、見やがれ」

と鎌吉が、ののしった。

勤番侍ふたり、息をふき返すや、死人のような顔つきで、ものもいわずに鳥八十から逃げた。

この二人は、中庭へ落ちた同僚を捨てておいたままで、逃げてしまい、落ちたやつは腰を押え押え、これも這うようにして、どこかへ消えてしまったようだ。

「いやもう、大したものだね」

座敷へもどってから山口金五郎が、

「おもい出したよ。去年の夏に、深川の新地橋で、おぬしに助けられたときのことを……」

「早いものですねえ、叔父上」

「いやどうも、あの伊庭さんは、おぬしにそっくりだ」

「顔が、ですか?」

「そうじゃあねえ、やり口がさ」

「ちょいと失礼」

「どこへ行く?」

「あの人に会いたくなりましてね」

「あの人?」

「伊庭八郎さんに、ですよ」

「深川へ行く駕籠が、もうじき来るぞ」

「今夜は、叔父上おひとりでお出かけ下さい」

虎之助が手を打って女中をよび、

「杉虎之助というものだが、御座敷へ参上してよいか、伊庭さんへうかがってみてくれ」

と、いった。

二

伊庭八郎の家は、代々の剣家《けんか》である。

流儀は心形刀流といい、これを創始したのは、初代の伊庭秀明であった。

後年、秀澄の代となってから、伊庭家は幕府につかえ、高二百俵どりの幕臣となった。

しかし、伊庭家は単なる幕臣ではない。

代々、心形刀流の剣法を世につたえのこさねばならぬ。

そこで、

「跡つぎは、かならずしも実子をもって当てなくともよい」

という家法が生まれた。

もしも跡つぎの実子が、伊庭の当主として、

「ふさわしくない」

ときは、人格・力量すぐれた者をえらんで養子にすべし、というのだ。

八郎の実父・軍兵衛も、伊庭家にえらばれた養子なのである。

伊庭軍兵衛は、三年前の安政四年に病気で亡くなっていた。

そのとき、跡つぎの八郎は十五歳の少年にすぎなかったし、生まれつき病弱で、ひまさえあれば自室へひきこもり、書物にかじりついている。

(年少でもあるし、あのように躰が弱くては、とても、道場を切りまわせるものではない)

と、軍兵衛は決意した。

そこで、養子にえらばれたのが、門人の坍《ほ》和《が》惣太郎《そうたろう》であった。

惣太郎は、この養子縁組を頑強にこばみつづけたが、

「ならば、わしを捨てるか」

恩師の伊庭軍兵衛に最後の切札をつきつけられては、もう、どうにもならなかった。

死にのぞみ、軍兵衛は惣太郎へ、

「わしに義理をたてるな。八郎が成長したるのちも、伊庭家の跡つぎにふさわしからぬときは、しかるべき養子を迎えよ」

と、いいのこした。

こうして惣太郎は、伊庭家の当主となったのだが、代々の名称である〈軍兵衛〉を名乗ることだけはきびしく辞退し、軍平と名乗った。

同時に、坪和惣太郎あらため伊庭軍平は、師の息・八郎を、わが養子にしている。

この一事を見ても、軍平が、

(八郎どの成長のあかつきは、すぐさま、家をゆずりわたし、軍兵衛を名乗らせたい)

決意していたことが、わかろうというものだ。

だが、八郎は依然、発熱して病臥することが多く、千人をこえる門人たちの稽古の響《とよ》みを耳にしながら、いっこうに剣術へは興味をしめさなかった。

ところが……。

十六歳の正月に、なんと八郎が突然、道場へあらわれ、竹刀《しない》を手にとったのである。

この八郎の心境の変化について、つぎのようなはなしが残されている。

そのころ、八郎は養父・軍平の供をして、細川侯の江戸屋敷へ出向いたことがある。

その折、細川邸・書院の床の間にかかっていた宮本武蔵の画幅を見るや、しばし身じろぎもせず、これを見つめていた八郎が、

「父上。私、剣の道へすすみます」

翻然《ほんぜん》として誓ったそうな。

ある人が、八郎に、

「それは、まことでござるか」

問うや、八郎は、

「さて……どんなものでしょうか」

笑いにまぎらしてしまった。

伊庭軍平も、同じように問うたことがあった。

このときは八郎、すこし、かたちをあらため、

「学問と剣術とを秤《はかり》にかけ、重いほうを取ったまでです。私には、二つのことを一度にはできませぬ」

まじめに、こたえたそうである。

以来、足かけ三年。八郎の修行というものは、実に、すさまじいものであった。

それまでは、ほとんど竹刀を手にしたことがなかったのだし、病弱で痩せおとろえている躰を、剣術の稽古の中へもみこむようにして熱中した。

そうなると、早朝から夜に入るまで、道場から一歩も出ない。

「おれは、今日の稽古で死ぬつもりだ」

と、よく八郎はいったそうだ。

はじめから、八郎の剣には異常な迫力があり、

「とても、いかぬ」

相当な力量のある門人たちが、八郎の気迫の恐ろしさに息をのむほどだ。
それにやはり、八郎の剣は、
〔天才〕というよりほかに、いいようのない天性のものがあったのだろう。
十八歳になったいま、伊庭八郎の剣を、養父の軍平でさえ、もてあますほどであった。

三

こうした伊庭八郎の過去を、杉虎之助は、はじめて八郎に会ったこの夜、一種の感覚として、

「なにがなしに、八郎さんのすべてのことが、わかったようなおもいがいたしましたよ」

と、語っている。

八郎は、鳥八十の女中がつたえた虎之助のことばに対して、

「そりゃ、どんなお人だ？」

と問い、女中が虎之助の顔かたちをのべるや、

「あ、先刻《さつき》、廊下の向うで、お前たちとおれのしたことを見ていなすったお人だね」

「よく、おわかりでございます」

「いいよ。お通し」

八郎のことばづかいは、とても十八の少年のものとはおもわれない。もっとも、そのころの十八歳といえば、先ず一人前の男とされていたわけなのだが……。

そこで、虎之助が八郎の座敷へ出向いて行った。

「勝手にしやがれ」

と、折しも駕籠が来たものだから、山口金五郎はそれへ乗り、深川へ行く気勢を殺《そ》がれたらしく、本所・石原の自宅へ帰って行った。

「杉虎之助でございます。ぶしつけに、まかり出ました」

襖をすこし開け、虎之助が礼儀正しくあいさつをすると、

「や、これはどうも」

伊庭八郎も江戸育ちだけに、早くも虎之助の声、口調から胸にぴいんと来るものがあったらしい。

「さ、お入り下さい」

さわやかにいった。

「では、ごめんを」

入った虎之助が、にっこりと八郎へ笑いかけた。

なんともいえぬ、よい笑顔であった。

それがまた、ただちに八郎の胸へひびく。

八郎も微笑して、虎之助を見た。

まさに一文字の眉。切れ長の両眼が澄みきっていて、左頬に浅い笑くぼが生まれている。

そして……。

八郎の顔色は、蠟のように白く、生色《せいしょく》をうしなっているのであった。

とても、あの三人の勤番侍を相手に、あれだけの早わざを見せた人とはおもわれない。

「着ているものが、同じですねえ」

ややあって、八郎が虎之助にいった。

「なるほど」

八郎も虎之助と同じような薩摩絣《さつまがすり》を身につけていた。ただし、虎之助は着ながし。八郎はきちんと袴をつけていた。

「ま、こちらへ」

「では……」

膳をはさんで向い合ったとき、鳥八十の内儀が酒をはこんであらわれ、先刻の礼をのべた。

「ぎょうぎょうしくいうな」

八郎は気はずかしげに手をふって見せ、

「それよりもたいせつなお客さまだ。鎌吉になにか、うまいものを……」

といった。

恐縮して内儀が去ってのち、

「ここへは、こんな小さい時分から、父につれられて、よくまいっておりましてね」

八郎がいった。

このとき、八郎がいった〈父〉とは、実父の伊庭軍兵衛をさす。

「父は、ここの料理を食べさせて、病弱の私を一日も早く丈夫にと……そうおもっていたらしいのですよ」

「それは、うらやましい」

「あなたの……いや、杉殿の御両親は？」

「すでに亡くなりました」

「それは……」

虎之助は、ようやく、八郎の病患が労咳《ろうがい》（肺結核）であることを感じとっていた。

この病気、現代では恐れるにたらぬものとなったが、当時にあっては、もちろん〈死病〉の一に数えられている。

虎之助も、あれだけの病身を、恩師・池本茂兵衛の丹精によって健康の身になっただけに、八郎が〈死病〉を秘めて、自分と同じ剣の道へ突きすすむ姿に、感動をおぼえずにはいられなかったのも、当然といわねばなるまい。

（だが、伊庭さんの躰は、おれどころではない）

と、虎之助は、おもった。

虎之助は、まだ躰のやわらかな年少のころに、池本先生のふしぎな治療をうけた。治療の効目《ききめ》がもっともよくあらわれる年ごろに、である。

それにくらべると、伊庭八郎の体格はすでに〈大人〉のものであった。病患は完全に八郎の躰へ巣くっていると見てよい。

その夜から三日後に、山口金五郎家をおとずれた虎之助へ、金五郎が、

「あれから、どうしたえ？」

きくと、虎之助がさもうれしげに、

「金杉の私のところへまいり、二人して、夜を明かしつつ、ゆっくりと酒をのみ合いました」

と、こたえた。

血

一

こうして、杉虎之助と伊庭八郎は知己《ちき》の間柄となった。

たがいの感応だけでも、

(これは、気が合う)

おもい合った二人だけに、日を重ねてのつきあいがはじまると、虎之助も、わが身の上を語り、八郎も率直に自分のことを打ち明けるようになったのである。

虎之助は、池本茂兵衛のことを語ったけれども、礼子のことは、八郎へもらさなかった。

これはつまり、茂兵衛がもっている秘密のにおいだけは、わが胸ひとつにしまっておきたかったからだ。

〔ふしぎな、旅の剣客〕

としての茂兵衛から受けた大恩について、虎之助が語ったとき、八郎は、

「いまどきに、そのようなお人がいたものですかねえ。いや、私もぜひ、その池本先生へお目にかかりたいものだ」

つくづくといい、

「私もね、杉さん。五年も前に、池本先生に、この躰を診《み》ていただいたなら、癒《なお》る見こみも出たでしょうがね」

「医者は、なんといっているのです？」

「いやあ、もはや、医者などに診せませんよ」

「なぜに？」

「医者に診せたなら、明日にも死ぬ、といわれてしまいましょうよ」

「それほどに……」

「さよう」

事もなげに、八郎は、

「なればこそ、学問を捨てて剣術をやることにしたのです。あのときから書物にかじりついていたなら、いまごろ、私は、この世にいなかったでしょう」

あのとき、というのは八郎が十六歳のとき、突如、志を変えて剣をつかんだときのこ

とだ。

そのとき……。

「私は、はじめて血を吐きましてね。ちょうど、湯に入っていたものですから、だれにも見られずにすみましたが……ああ、これで、おれの寿命は定まったな、と、しみじみそうおもったものです」

そこで、八郎は考えた。

「なにしろ杉さん。学問というものは、気を長く長くもって、じりじりと、何年もかかって道をきわめねばならない。年を老《と》ってもつづけにつづけて、なにものかをつかむ。その上で、天下の事に何らかの役目をはたす……先ず、そういったものでしょう」

「なるほど」

「とても、保《も》ちきれぬ、と、そうおもいきわめましたよ」

「ふうむ……」

当時十六の少年にしては、

(大したものだな、伊庭さんは……)

さすがの虎之助が、瞠目をした。

「そこで、ね……」

「ふむ、ふむ」

「剣術なら、ごく短い間に、何とか役にもたとうか、と考えました。この御時世ゆえに、そうおもうのも当然でしょう」

「そのとおり」

「それにひとつは、剣術によって、私は私の病気を押えつけてしまおうとしたのですよ。この労咳というは、まさに死病。ですがね、この死病にかかって尚、七十いくつまで生きぬいた人を私は知っている。これは、浅草に住んでいた指物師なのですが、この人も仕事ひとすじに打ちこみ、わが仕事へはげむことによって病気を押えこんでしまった……まあ、それで私も剣術をやりはじめたのですが、とても、その指物師の爺さんにはおよびません。私の病気《やつ》は、かなりに重いのでね」

そして……。

年が明けた。

万延二年となったわけだが、のちに改元《かいげん》のことあって、この年は、文久《ぶんきゅう》元年となる。

杉虎之助二十一歳。伊庭八郎は十九歳となった。

伊庭家は、二百俵取りの幕臣ながら、多数の門人を擁《よう》した江戸一流の剣家だ。

したがって収入も多い。

蓄財もあった。

まだ当主にはなっていないが、養父・軍平が八郎へわたしてやる小づかいも少なくはない。

それには、わけがある。

「養父《ちち》も、私の寿命が長くないことを見ぬいているのさ。ために、こうして私を甘やかしておいてくれるのだよ、虎さん」

と、このころになると八郎と虎之助のことばづかいも、ぐっと親しみを増し、二歳の年齢の差などはどこにも見られず、感じられもしなかった。

山口金五郎なぞは、こういっている。

「二人を見くらべますと、虎之助より八郎さんのほうが、三つほどは上に見えたほどです」

二

文久元年になると、世の中が、にわかに騒然として来た。

幕府が諸外国と通商条約をむすんでから、外国人に対する勤王浪人のテロ行為がなかったわけではない。

江戸湾へ入港したロシア艦隊の士官と水夫が、横浜見物に出かけ、水戸の浪士に斬殺されたときなどは、

「江戸を砲撃せよ!!」
艦隊を指揮していたシベリア総督・ムラビエフが、激怒して命令を下したものだ。
間一髪《かんいっぱつ》のところで、イギリス公使のオルコックが、
「まあ、まあ……」
中に入ってくれたので、事なきを得た。
ひとくちに外国といっても、それぞれにちがう。
ロシアは、露骨に侵略的な態度をしめす。
アメリカは、単純に友好的である。
イギリスとフランス両国は、友好的雰囲気のうちに、日本という東洋の美しい島国へ
〈利権〉の芽を育てようとしているのだ。
これら外国のうちの、どの一つを相手にしても、経済力・武力の点で、日本はとても
太刀打ちができぬ。
亡き井伊大老が、勤王勢力の反対を押し切って、ついに外国との通商条約にふみきっ
たのも、理由は、まことに簡単なことなのである。
「外国に反抗しても勝てぬ」
からであった。
その井伊大老が殺害され、幕府政治は大ゆれに、ゆれうごいている。

外国人へのテロは絶えない。

去年の十二月には、アメリカの通訳官・ヒュースケンが殺された。

こうしたテロ行為があるたびに、諸外国から抗議と莫大な補償金の要求が、幕府へ向ってなされる。

金もない幕府は、補償金のやりくりをするのにも大骨を折る始末であった。

それを見て、勤王革命を念ずる浪士たちは、

「ざまを見ろ」

快哉の叫びをあげ、いよいよ幕府と将軍をあなどる結果になって行くのである。

井伊大老亡きのち、幕府政治の中心となったのは、老中・安藤信正だ。

安藤信正は、奥州・磐城平《いわきのだいら》五万石の城主だが、

「先ず、なによりも……」

と、着手したのは、孝明天皇の妹・和宮内親王《かずのみやないしんのう》を、新将軍・徳川家茂《いえもち》の夫人に迎えるという、まことにむずかしい政治工作であった。

このことは、井伊大老が熱望していたところのものだ。

皇妹と将軍との結婚。

これは、とりも直さず、公（朝廷）と武（幕府）の合体であり、協力体制がととのったことを意味する。

いわゆる〈公武合体〉のスローガンが、これであった。

このスローガンをもって、幕府は勤王革命派と対決し、天下のさわぎをしずめようとした。

安藤信正が、井伊大老の死後ただちに、この政治工作を推しすすめたことが、成功をもたらした。

京都朝廷は、故井伊大老の大弾圧のことを忘れられていない。

幕府が、久しぶりにしめした〈ちから〉の威力に恐れていた。

そこで、皇妹と将軍との縁談はまとまることになったのである。

「そこにはもちろん、安藤老中の手腕も大いにものをいったのでしょうよ」

と、杉虎之助がのちに語るには、

「……この安藤さんというお人は、なかなかの人物でございましてね。アメリカをはじめ、イギリスもフランスも、安藤さんが、うまいぐあいにあやつっていたようですよ。ヒュースケンが殺されたときなども、外国のきびしい態度を、あくまでもおだやかに、ぬらりくらりとやわらげてしまいましてね。

それればかりではない。

そのころ、ロシアの軍艦が、対馬《つしま》の沖へあらわれ、これをうばい取ろうとしたことがある。やることが、まことに汚なかったものです。ロシアという国《やつ》は……。

さあ、一大事だというので、幕府《こうぎ》も大さわぎとなったのだが、このとき、安藤さんはどうしたとおもわれますね？

安藤さんはね、イギリスをうまいことたきつけたのです。イギリスをおだてて、イギリスの軍艦に対馬へ出張《でば》ってもらい、ロシアの軍艦を追いはらわしたのですよ。

このあたりのかけひきなぞというものは、やれ夷狄《いてき》を追いはらえ、だとか、天皇さまを押し立てて、将軍や幕府を追いはらえ……なぞと、気ちがいのようにわめきたてている志士や浪士が、逆立ちをしても出来ることではありませんでした」

三

「この年の、春でしたが……八郎さんの案内で、東両国の豆腐料理を看板にしている日野屋という店へ出かけたことがありました。八郎さんはね、まだ二十《はたち》にならぬというに、いやもう、とても私なぞがおよびもつかぬ遊び人でございましてね」

と、虎之助がいうように、伊庭八郎はすでにそのころ、吉原の遊里へも出入りしていたという。

日野屋で酒をのんでいるうちに、伊庭八郎が、めずらしく愚痴をこぼした。

「養父《ちち》の軍平はね、虎さん。どこまでも亡くなった実父《ちち》と私に義理をたてて、私を跡つぎにしたいと考えている。それも、寿命が短い私ゆえ、一日も早くというのでね」

ところが八郎には、その気がなかった。

伊庭軍平には、妻女のたみとの間に、つやといって十五歳になるむすめがいた。

八郎には、弟の直《まこと》と猪作《いさく》がいる。

直は八歳。猪作は五歳の幼年であった。

軍平の、こころづもりとしては、

（八郎どのにつやを妻にしてもらい、伊庭の当主となし、そのつぎには猪作どのを……）

と、考えているらしい。

直は、躰が弱かったからであろう。

ともかく……。

養子の身だし、しかも義理がたい養父の軍平は、養子にしたものの、実は恩師の子である八郎に対して、

「いやもう、ことごとに気をつかっておられるので、こっちも同様に、いろいろと気をつかうのさ」

八郎は、哀《かな》しげに笑った。

「そればかりではないだろう、八郎さん」

盃を口にふくみつつ、虎之助が、

「ね……」

と、いった。

「わかるかね、虎さん」

「ぴいんときたよ」

「あててごらん」

「おつやさんのことさ」

ずばりと、虎之助がいうや、

「こいつは、どうも……」

八郎は閉口して、

「いや、まことにすさまじい眼力だ」

「おつやさんは、お前さんに惚れているのだろうね」

「む……」

「十五といえば、もう女だ、ともいえる」

「そうさ、ねえ」

「ところが、だ……」

「なにがだ？」

「八郎さんは、おつやさんと夫婦になりたくない」

「そうさ、ね」

「けれども、おつやさんがきらいではない」

「よく、わかるものだ。ほんとうかえ。は、はは……」

「ごまかしてはいけない。お前さんは、おのが躰のことを考えていなさるから、あえて、おつやさんを遠ざけている。ちがうかね？」

いつであったか、日中に、虎之助が八郎と〔鳥八十〕で酒をくみかわしていたとき、御徒町の屋敷から、つやが、何かの急用で八郎を迎えに来たことがあった。

そのとき、伊庭八郎はつやに、虎之助を引き合せたのだが、つやがいちいちうなずきつつ、八郎を見やるひたむきな眼ざしを見て、

（ははあ、これは……）

虎之助がつやの想いを感じたのだ。

「虎さん。すぐに死ぬ身が、なんで女のしあわせをうけ合えようか……」

めずらしく、この夜の八郎は酔った。

「送って行こう。駕籠を……」

いいかける虎之助へ、

「どうせ送ってもらえるのなら、ゆるりと歩いて行きたいね」

と、八郎がいった。

そこで二人は、日野屋を出て御徒町へ向った。

浅草から下谷へ出て、三味線堀の佐竹侯屋敷の土塀に沿った道を歩いていたときである。

急に、伊庭八郎が立ちどまった。

「どうしたね、八郎さん」

虎之助が声をかけると、八郎が苦笑して、

「みっともねえところを、お目にかけそうだ」

「え……？」

「このことは、だまっていてもらいたいねえ」

いったかとおもうと、八郎がぱっとしゃがみこんだものである。

「どうした」

八郎が、何か吐いている。

(酔って、吐いたのか……)

と、はじめはおもった。

ちがう。

月明りに、八郎の口が血にぬれているのを、杉虎之助は、はっきりと見た。

「八郎さん……」

「二度目だ、これで……」

「苦しいかね」

「大丈夫」

「駕籠を見つけてこよう」

「なあに、歩ける」

しっかりと立って伊庭八郎が、

「もうじきに、いけなくなるねえ」

つぶやくようにいい、蒼《あお》い月を見上げた横顔を、虎之助は生涯忘れ得なかった。

礼子

一

それは……。

伊庭八郎が、東両国の料亭〔日野屋〕からの帰途、佐竹侯・屋敷の塀外で喀血《かっけつ》してから間もなくのことだが、

「ごめんなさいよ」

或日の午後。

八郎が、ぶらりと金杉の杉虎之助宅をおとずれた。

「や、八郎さんか……」

虎之助は奥の間で読書をしていたのだが、

「出歩いて、いいのですかえ？」

飛び立つように出て行き、八郎の肩を抱き抱《かか》えんばかりにして、まねき入れたものだ。

あの夜。血を吐いた八郎を御徒町の屋敷へ送りとどけて以来、八郎の安静と養生をねがうこころから、虎之助は呼び出しもかけなかったのである。

「あれから、半月になるねえ」

八郎は、奥の間へ通るや、にやにやしながらそういった。

「会いたいのは、やまやまだったが……遠慮をした」

「なぜね？」

「……八郎さんをしずかに寝かせておきたかったからさ。もちろん、寝ていたのだろうね？」

「いや。あの翌朝に道場へ出た」

「ばかな……とんでもないことをしなさる」

「虎さんにも似合わねえことをいいなさるね」

「だが、そいつは……」

「ま、いい。ときに、今日はね」

「え……？」

「虎さんが、かねてから御所望《ごしょもう》の一件。その約束を果したいとおもい、やって来た」

それは虎之助が、心形刀流《しんぎょうとうりゅう》の型を、

「ぜひとも教えていただきたい」

と、伊庭八郎へたのみこんでいたことなのである。

八郎は、

「虎さんが、そんなものをおぼえる必要《よう》はねえ」

などといっては、逃げていた。それは八郎が見識ぶって避けていたのではなく、むしろ、彼の謙虚さから出たものであろう。

それが、今日は急に、伊庭の剣法の型を虎之助へつたえようがため、わざわざ金杉まで足をはこんでくれた、というわけなのだ。

「ほんとうかね、八郎さん」

「私も、もう長くはあるまいよ」

「また、それをいいなさるか……」

「だからね。虎さんとの友情《まじわり》のしるしに、せめて見てもらおうと考えてねえ」

「かたじけない」

「なんの……」

手をふって伊庭八郎が、

「さ、腹ごしらえをさせてもらおうか」

「よし」

「それから、ひと休みして、あとはぶっ通しでやりましょう」

「はい」

虎之助が両手をつき、きちんと礼をして、

「御ねがいいたします」

と、あいさつをするや、八郎も座を正し、

「はい」

ていねいに礼を返した。

それから八郎が外へ出て、豆腐を買って来た。

虎之助がこしらえた豆腐の熱い味噌汁に漬物だけ。二人が早目の夕食を終えたのは七ツ（午後四時）をまわっていたろうか。

酒は、のまなかった。

半刻《はんとき》ほどやすんでから、

「そろそろ、はじめようか」

「では……」

二人は、仕度にかかる。

虎之助は、白木綿筒袖の稽古着に黒の袴をつけ、先ず道場へ行き、灯《あかり》をともして、八郎を迎えた。

八郎は、紺木綿ぬい刺しの稽古着に紺の木綿袴。水戸の住人・直江助政《なおえすけまさ》のきたえた二尺三寸五厘の新刀を腰に、しずしずと道場へ入って行く。

「よろしいか」

八郎が声をかけると、虎之助は、あらためて両手をつき、

「御ねがいつかまつります」

少年のころ、実家をぬけ出し、自殺をはかったとき、腰に帯していた伯耆守正幸《ほうきのかみまさゆき》二尺二寸五分七厘の大刀をひっさげて立ちあがった。

二

伊庭家の心形刀流は、柳生新陰流から出ているという。

創始者の伊庭秀明は、柳生流をまなび、さらに本心流の奥儀をきわめたのち、心形刀流をあみ出したものだ。

つたえられる組太刀《くみだち》（型）の中から、特に八郎自身がえらんだ二十四の型を、はじめは虎之助が受太刀にまわり、つぎには八郎が受をつとめ、これをくり返すこと二十数度。

空が白みかかるころには虎之助、この組太刀をすっかりとのみこんだらしいが、これで終ったのではない。

これから、大変なことになった。

いったん刀をおさめ、水をかぶって新しい稽古着に着かえた二人は、白湯《さゆ》で口をしめしたのみで、ふたたび道場へ出た。

向い合い、たがいに神気《しんき》をやしなっていたかと見えたが……。

「む!!」

「応!!」

颯と立ちあがった杉虎之助が、伯耆守正幸の一刀を電光のごとく抜刀《ばっとう》した。

これを受けた伊庭八郎は、しずかに立ち、助政の太刀をゆっくりとぬきはらう。

かくて二人は、またも心形刀流の型をつかったわけだが……。

今度は、その型に全身全霊をこめて撃《う》ち合いはじめた。

こうなると、型といっても真剣のことではあるし、一寸の迷いも間違いも、皮膚を裂《さ》き、肉を切ることになる。

八郎も虎之助も、ここまではやるつもりでなかったろう。

だが、型を教え、教えられているうち、期せずして心身の高揚《こうよう》をおぼえ、

(最後の仕上げに……)

実戦そのままの組太刀を、つかうことになった。

伊庭道場においても、真剣をもっての、こうした組太刀は危険であるために厳禁されれ

ているほどのものだ。必殺《ひっさつ》の剣気《けんき》が小さな道場の内にたちこめ、双方の白刃が相撃ち、

「鋭!!」

「応!!」

裂帛《れっぱく》の気合声が、となりの安楽寺の僧の耳へもきこえた。

「斬り合いか……?」

「いや、隣りの杉さんのお宅らしいぞよ」

「それにしても、ものすさまじい……」

「ぴりぴりと、腹にこたえるようじゃ」

僧たちは青くなってしまい、道場へのぞきに出かけるものもいなかったそうな。

やがて、その気合は絶えた。

虎之助と八郎が、激烈な立ち合いの痕《あと》をものがたる刃こぼれのした大刀を鞘におさめ、終了の礼をかわしたとき、伊庭八郎の顔面は白蠟のごとく、それへいっぱいのあぶら汗が浮かんでいた。

それにひきかえ杉虎之助の満面は紅潮し、一度にふき出した汗によって顔も躰も水に漬かったようである。

「かたじけなく存じます」

あくまでも師弟の礼をとる虎之助へ、八郎がこだわりもなく、

「虎さん、久しぶりで、胸がすきましたよ」

と、こたえ、

「こいつはなんですねえ。もしやすると心形刀流は、お前さんが後世につたえてくれるやも知れない」

「なにを申され……」

いいかけた虎之助が、道場の窓の外に人の気配を感じ、

「どなただ？」

外へ出て見た。

なんとこれが駒形の鰻や〔中村〕の亭主・房吉なのである。

房吉は、道場の窓下の土の上にへたりこみ、死人《しびと》のような顔色で、あえいでいた。

「御亭主ではないか、どうした？」

「へ……へ……」

「これ。しっかりしてくれ」

「べ、別に……」

「急に躰のぐあいでも……」

房吉が、かぶりをふって、ようやく、

「み、見ました。い、今のを……」

「え……ああ、伊庭さんと私の？」

「へ、へえ……」

虎之助が〈中村〉へつれて行ったことも何度かあるので、房吉は伊庭八郎の顔を見知っている。

「見たからといって、なにも……」

「と、とんでもない。腰がぬけてしまいました」

「どうしてね？」

窓の向うへ八郎の顔があらわれ、

「どうしなすった、御亭主」

「いやもう、伊庭さま。物凄いのなんの……あんなに恐ろしいものを、はじめて見まして……」

「は、はは……恐ろしいものはよかったね」

「冗談ではございません。もう生きた心地が、いたしませんでした」

虎之助がくっくっ笑いながら、

「子供ではあるまいし……さ、立った立った」

「それが、いけねえので……」

房吉が泣き笑いの表情をうかべ、もじもじしはじめた。

「本当に、腰がぬけたのかね？」

「杉さま、あっちへ行って下さいましよ。そして、なにかその、着替えを……」

「着替え、だとね？」

「はい、はい」

「いったいどうして？」

「じれったいなあ、杉さま。この、ひどいにおいにお気がつきませぬかえ」

「あ……」

あまりの恐ろしさと、緊張で、二人の組太刀を見ているうちに、身うごきもならぬままに、房吉はその、下《しも》のほうから大小合せて排泄《はいせつ》物をもらしてしまっていたのである。

三

間もなく、伊庭八郎は帰って行った。

金杉の表通りへ出て、駕籠をひろった八郎が、

「虎さん。今夜はひとつ、鳥八十へ来てくれませんかね」

「それはかまいませんが……」

「うれしいのだ、虎さん。ほんとうに久しぶりで、私はおのれの剣術をおもうさまにつ

かえたのだものね」

「八郎さん……」

「お祝いだ。ぜひにも来て下さいよ」

こういった八郎の双眸《りょうめ》が感動にうるんでいる。

「うかがいます」

「安心して下さいよ。これから屋敷へ帰って、日暮れまでぐっすりとねむるから……」

「はい」

「どうも、いけねえな。今日は虎さん。すっかりあらたまっちまって……」

「なに、鳥八十では、もとの虎之助へもどりましょうよ」

「それでなくちゃあいかねえ」

伝法《でんぽう》にいって、

「では、あとで」

八郎が駕籠のたれをおろした。

どんよりと曇った春の空の下を彼方へ去る八郎の駕籠が見えなくなるまで、虎之助はそこに立ちつくしていた。

「このときより私は、八郎さんのことを、血肉をわけた兄弟とも思いこんでしまいましてね。先ずなんです、死んだ親父のことはさっぱりおもい出しませんが、八郎さんのことは、あのときはこうして、そのときはどうで……と、夢にまで見る始末で……」

と、のちに虎之助が述懐《じゅつかい》している。

八郎を見送って家にもどると、房吉もよごれた躰の始末をし、虎之助の薩摩絣を着て、すましこんでいた。

「ふ、ふふ……」

「いやでございますね、杉さま。妙な笑いようを……」

「さっきのことを女房どのにいいつけようかね」

「とんでもねえ、亭主の沽券《こけん》にかかわります」

「ま、むきになりなさんな」

「いいえ、ほんとうで……いけませぬよ。決して、おかねなぞにさっきのことを……」

「ああ、いわない」

「ほんとうに？」

「武士の一言というやつさ」

「それをきいて、安心をいたしました」

「けれどもこれから、お前さんは私にあたまがあがらないというやつだ」

「それどころじゃあございませんよ」

「なんとね？」

「昨日、お礼さんに出合いました」

「お礼……あ、礼子どのにか」

「はい」

おもわず、虎之助の顔色が変った。

「どこで？」

「品川宿で」

「ひとりか？」

「いいえ、おつれが別に一人」

「もしや、池本先生では……」

「ところがちがうので……」

「気をもたせるな。早くいってくれ、早く……」

「実は……」

房吉が語るところによれば……。

北品川一丁目の中の橋の高札《こうさつ》場わきにある平旅籠《ひらはたご》（遊女屋ではない）石原屋利三郎というのが房吉の女房おかねの実兄で、

「昨日は夫婦して、朝から石原屋へ出かけましたので」

「ふむ、ふむ」

「石原屋の兄のところを出ましたのが八ツをまわっておりましたろうか……三丁目の浜道のあたりへ来ますと、江戸のほうから品川へ入って来る旅人の中に……」

町人ふうの男女二人の旅人がある。

二人とも笠をかぶっていたので、何気もなくすれちがって行きかける房吉夫婦へ、

「もし……」

女のほうから声をかけた。

「へ……？」

女の笠の内を、房吉がのぞきこむと、これが、まぎれもなく礼子であった。

「あっ……」

「大きな声をたててもらっては困ります」

「は、はい」

「杉虎之助さまは、おかわりもございませぬか？」

「え、もう……御元気にお暮しでございますよ」

「それは何より」

おかねはそれと知るや、そっと礼子へ目礼を送り、すこしはなれて立った。

礼子のつれも、はなれたところで、何気ない様子でわらじのひもをむすび直している。

でっぷりとした中年の男に見えたそうである。

「ゆるりとおはなしをしたいけれど、急ぎのことあって、そうもなりませぬ。虎之助さまへよろしゅう」

それだけいって行きかける礼子へ、房吉がたまりかね、

「もし……池本先生の御消息は？」

問うや礼子が、にっこりとして、

「これから池本先生へお目にかかりにまいるのです」

「えっ……では、上方《かみがた》へでも？」

「ま、そんなところでしょう」

「せ、先生へよろしゅう……」

「はい」

「もし……」

「虎さまへ、申しつたえて下さい」

「はい。なんなりと……」

「ふ、ふふ……」

礼子が、ふくみ笑いをして、

「あまりに酒と女を、おすごしにならぬようにと……」

いうや、あとはわき目もふらず、連れの男と立ち去ったそうだ。

ひげ男

一

その夜。

上野広小路の〔鳥八十〕へ出向いた杉虎之助はすでに到着していた伊庭八郎へ、昨夜からの礼をのべ、

「八郎さん。たのみがあるのだが、きいてくれますか」

「きくよ」

八郎が言下にいったものだ。

「それで……？」

「旅へ出たい」

「道中切手かね、虎さん」

と、うてばひびくがごとく、八郎がいった。

「さよう」

「急ぐのだね。だから、私にたのむのだね」

「そのとおり」

「よしきた」

以前、恩師・池本茂兵衛と諸国を旅して歩いたとき、茂兵衛は自分も所持し、虎之助へもあたえておいた品がある。

幅一寸七分、長さ三寸五分ほどの桜の木札で、これが天下御免の道中手形なのだ。どこへも行ける。

だが、単なる木札ではない。うすい銅板のふだがついている。うすいふだを開けると、木札の中にこれも銅板が貼りつけられてい、その銅板へ、

〔御意《ぎょい》簡牘《かんとく》〕

の四文字が彫りつけられてあった。

虎之助がひそかに察するところ、この木札は、将軍と幕府が、或る特別の任務を遂行《すいこう》する者のみへあたえた一種の〔身分証明書〕のようなものらしい。

それが、いまの虎之助には無い。

彦根城下で別れるとき、池本茂兵衛は、

「もはや、おぬしには必要《よう》もなし」

といい、あの木札を取りあげてしまったからである。

それは、とりも直さず、

（これからのおぬしは、この池本茂兵衛とはなんの関係《かかわりあい》もない。一人の剣士として生きよ）

と、いいふくめられたものと考えてよい。

だから、いまの虎之助は、幕臣・杉平右衛門の異母兄としての〔身分〕なのである。

ちなみにいうと現在の杉平右衛門は、亡くなった虎之助の実父ではない。腹ちがいの弟・源次郎が亡父の跡をつぎ、その名をもついだのであった。

しかし、虎之助があらためて道中切手を得るためには、しかるべき手つづきをふんでも半月はかかる。これでは間に合わぬ。

（房吉夫婦が、品川宿で礼子に出合ったのは昨日だ。急げば追いつけよう）

であった。

そこで、伊庭八郎へたのむことにしたのだ。

八郎の父・伊庭軍平は、幕臣である上に、江戸でもきこえた剣家だし、諸大名へも出入りをし、幕府高官の子弟が多く入門している。

軍平から手をまわしてもらえば、

〈剣術修行〉

という名目《めいもく》で、特別に幕府からの道中手形が下りようか、と、虎之助はおもいついたのであった。

「とりあえず、虎さんは、私のところの門人ということにしておこう。そうして、父にたのんでみよう」

「おねがいする」

「ところで、急に、なんで京へ行きなさる？」

「む……」

虎之助がだまった。

顔へ、かすかに血がのぼっている。

「ははあ……」

ぽんとひざをうって伊庭八郎が、

「女だね、虎さん……」

「む……」

「へへえ……こいつは、おどろいた。相手はだれだ、なぞと野暮はいうまいよ」

「いや……これは、池本先生にもかかわりあいのあることなのだ、八郎さん」

「ほう……」

「その女にきけば、池本先生の所在が知れまいものでもない」

「なある……」

八郎も江戸の男だ。それ以上のことを深くきこうともせず、すぐに酒をはこばせた。

「虎さん。お前さんが丁度、江戸へもどって来るまでには、もう私は、この世にいねえ、やも知れぬ」

「いや、いる」

「なぜね？」

「顔に出ている」

「虎さんは、人相も見なさるかえ」

「いささか、はね」

「こいつは、おどろいた」

笑いながらも八郎は、

「けれど虎さん。なるべく早く、帰って来て下さいよ」

しみじみといった。

二

〔中村〕の亭主・房吉が、江戸とは目と鼻の先の品川宿で出合ったことをきき、杉虎之助が、

「矢も楯《たて》もたまらず……」

礼子を追って東海道をのぼる決意をしたのも、

(池本茂兵衛先生のことが、気がかりゆえに……)

というなら、たしかにそうだ。

しかも礼子は、房吉に、

「これから、池本先生へお目にかかりにまいるのです」

そう告げた、というではないか。

礼子は、肥えた中年の、商人ふうの男といっしょだったという。

(やはり、池本先生と礼子どのは、幕府《こうぎ》のための秘事に、はたらいているらしい)

虎之助が茂兵衛にしたがって旅していたころとは、くらべものにならぬほどに、時勢は混沌としてきている。

これまでは、日本の諸国を何十にもわけ、これを諸大名がおさめ、さらに諸大名の上

に、徳川将軍と幕府が厳然として、独裁の威風をほこってきた。

そのむかしから、幕府は諸大名への監視の眼をゆるめなかった。

ところがいま、将軍と幕府への畏敬はうすらぎ、ちからのある大名たちは、それぞれの領国においてどのようなことをしているか、

〈知れたものではない〉

のである。

いまとなっては、いやでも、外国列強の勢力と向い合わねばならぬ日本となってしまった。

諸外国とは、

〈通商条約〉

をむすんではいるが、これから先、こちらに不利な条約をのんだままでいるわけには行かない。

ロシアやイギリス、フランスなどが、日本にどのような意図を抱いているかは、条約をむすんだ幕府自身が、

「もっとも、よくわきまえている」

のである。

とにかく、

「急ぎ、武力をたくわえねばならぬ」

のであった。

これは、とても幕府一個のちからのおよぶところではない。

諸大名にも協力してもらわねばならぬ。

諸大名が武力をもつことを、

「ゆるさねばならぬ」

ことになった。

その大名たちの〈武力〉が充実することは、とりも直さず、幕府政治の上にも強大な権力となって反映せずにはいまい。

幕府にとっては、

「痛し、かゆし」

というわけだ。

このような時代に、池本茂兵衛のような任務についている（もしも虎之助の推測が正しければ……）ものは、それこそいのちがけで事にあたっているると見てよい。

ゆえにこそ、虎之助も、

（先生の安否が気にかかってならない）

のだ。

だが、池本茂兵衛ひとりのことのみが気にかかるのか、といえば、そうとはいいきれぬ。

〔鳥八十〕で、伊庭八郎と別れ、金杉の家へもどり、まだ酔いのさめぬ躰を床へ横たえた虎之助の脳裡には、二年前のあのとき、礼子を送って彦根へ向う道中、洗馬《せば》の旅籠《はたご》へ泊った翌朝の情景が突如、浮かびあがってきた。

ねむったふりをしている虎之助の前で、礼子が肌着を替えていたとき、固くむっちりと張《は》った白い乳房が昂奮の血の色に見る見る紅《あか》くそまってゆくのをさすがの虎之助もうす眼で正視しきれなくなったことがある。

そのとき、あくまでも虎之助がねむりこんでいるとおもいこんでいたものか、礼子はくろぐろとぬれた双眸《りょうめ》で虎之助をにらみつけるようにしながら、むしろ、おのが乳房を男の寝顔に見せつけるようにし、ゆっくりと肌着を替えていた。

（あのとき……礼子どのは、ほんとうに、おれがねむっているものと、おもいこんでいたのだろうか……？）

今夜は、そんなことまでが気にかかってくる。

寝つけなかった。

酔いもさめてくる。

水をのみに起き、また床へ入る。

寝られない。

今度は、あのふしぎな女・お秀のことが思い出されてきた。

剣術できたえぬいた虎之助の体軀が圧倒されるほどの、お秀の豊満な肉体の量感が、まだなまなましいまでに虎之助の腕や胸、腹にのこされている。

（お秀も京にいる）

このことであった。

池本茂兵衛を気づかい、礼子をしのび、お秀を想う……。

（おれはまあ、なんというやつなのだろう）

夜の間の……いや、暁も近い闇の中で、虎之助は舌うちをもらした。

「それもつまりは……」

と、虎之助が語りのこしている。

「池本先生は、こうした世なればこそ、つとめて我身を変えず、剣ひとすじに生きるように……と、かように申されましたが、そこは私も若い。先生からお金を送っていただき、衣食の心配もなしに剣術をやっていることだけでは、やはり満足ができなかったのでしょうよ。いえ、とてもとても、先生のおっしゃるように突きぬけることなどは、私なぞにできるものじゃあございませんでした」

三

三日後。

伊庭八郎から〈道中切手〉がとどいた。

虎之助は、伊庭道場門人として、剣術修行の旅に出るという名目で、幕府から旅立ちをゆるされたことになる。

こうした手つづきを早く終えさせるためには、諸方へ金もつかわねばならぬことをわきまえていた虎之助は、しかるべき金子《きんす》を用意して行ったのだが、

「水くさいね、虎さん、なにごとも父上がして下すったことだ。おれは知らぬ」

八郎は、頑《がん》としてうけとらない。

「ありがとう。では、おことばに甘えさせていただこう」

「江戸の者は、諸事さっぱりとしてもらいたいな」

「わかった、わかった」

そこで杉虎之助は、すぐさま江戸を発った。

叔父の山口金五郎へは、

「かえって心配させるといけない。内密で発つから、後でひとつ、おれの手紙を叔父ご

へとどけてもらいたい」

虎之助は〔中村〕の房吉へ、金五郎への手紙をことづけた。


おもいたつことあり。

京へのぼり、年内には帰府いたすべく候。御案じなさるまじく。

叔母上、千代へもよろしく御鳳声《ほうせい》のほど、ねがいあげ候

というものである。

その朝。

虎之助を見送ったものは、房吉とおかねの夫婦のみであった。

三人は、高輪の七軒茶屋へつくと、ここで別れの酒をくみかわすことにした。

春たけなわの、どんよりと曇った朝で、汐の香が濃かった。

七軒茶屋は、芝・田町九丁目の外《はず》れにある。

休み茶屋や飯屋などが七軒ならんでいるので、その名称があった。

〔亀や〕という休み茶屋へ入り、虎之助が酒を注文してから、房吉夫婦へ、

「金杉の家は、となりの安楽寺へたのんである。坊さんが交替で泊りに来てくれるそうだ」

「それはようございました。ねえ、お前さん」

「私どもも、たまには見にまいりますよ」

「たのむ」

「それにしても、早くお帰り下さいましよ、杉さま」

「わかっているとも」

「池本先生へ、よろしく」

「もし、会えたらだが……」

「なあに、お礼さまへはすぐ追いつきましょう」

「うむ。馬もつかって追いかけるつもりだが……」

いいさして虎之助が、ちょうどはこばれてきた酒の徳利を手に取り、

「さ、ひとつ」

と、房吉へ酌をしかけ、何気もなく通りへ眼をやったとたんに、

（や、あの男……？）

す早く、その眼をそらした。

いましも、亀やの前を通りすぎて行く旅姿の三人の武士。そのうちの一人に、虎之助は見おぼえがある。

（まさに……）

二年前のあのとき、中仙道・美江寺《みえじ》の宿外れの茶店で、礼子と自分を包囲した薩摩藩士のうちのたくましい顔貌をひげに埋めつくしていた男なのである。

今日も、彼の顔はひげにうもれている。

二年前よりも、さらに体軀が大きく見え、顔は陽に灼け、急ぎ足に七軒茶屋をすぎ、まっすぐに品川宿へ向う後姿には異様な気魄《きはく》がみなぎっていた。

美江寺の街道で、あの男が撃ちこんできた一刀のすさまじい手ごたえを、虎之助はおもいおこした。

男の二人の連れも、

(おそらくは、薩摩屋敷の者にちがいあるまい)

と、虎之助は看《み》た。

三人とも、東海道をのぼるらしい。

偶然なのかも知れぬが、彼らは、礼子の後を追うかたちで、東海道を行くことになる。

(やつら、礼子どののことを知っての上でか……?)

虎之助も、こうなると緊張せざるを得ぬ。

「もし……もし、杉さま」

房吉が声をかけてきた。

「や、すまぬ」

「どうなさいました？」

「いや、なんでもない」

「ですが……お顔の色が変りました」

「そうか、それはどうも、おれとしたことが……」

虎之助が酌をしてやった盃を口へふくまぬままに、房吉はおかねと気味わるそうに顔を見合せた。

「は、はは……ほんとうになんでもないのだよ。さ、その盃を私に返してくれ」

「へ……これはどうも」

虎之助は、のんだ盃をおかねへわたし、酌をしてやりながら、

「今度の道中は、ほんに、おもしろいことになりそうだよ」

と、笑顔になった。

しかし、顔は笑っていても、

「杉さまの眼は笑っていなかったよ」

江戸へもどる道々、房吉がおかねにいった。

東海道・御油

一

東海道をのぼる薩摩藩士三人のうしろから、杉虎之助は見えがくれにつけて行った。

曇り日で汗もかかず、道中がしやすかったにせよ、それにしても三人の足は速かった。

品川から約十四里を、まるで走るようにしてすすみ、すっかり日が落ちてから、相州・平塚の旅籠〔米屋《よねや》又兵衛〕方へ、三人は入った。

(ふうむ……)

それを見送った虎之助は、

(あの三人が、もしも礼子どのを追っているとするなら、三人のあとをつけて行ったほうがよい、ともいえるが……)

平塚は、ものしずかな宿場である。江戸から出るにも、江戸へ入るにも、ここへ泊る旅人はすくない。

夕闇が夜のそれに変りつつある宿場の道端に立って、虎之助が米屋の表口を見つめていると、通りへ面した二階座敷へ、あの三人があがり、障子を開けはなった。

虎之助は、米屋の真向いにある荒物やと魚やの間の路地へ身をかくした。

どちらにしても、

（あの三人の急ぎようから見て、ただの道中をしているのではない。だれかを追っている）

と、見てよい。

このとき、これも二人づれの旅の武士が大磯の方から平塚宿へ入って来、米屋の下へあらわれたのを見て、

「おい、おい。ここじゃ。ここにおりもす」

二階座敷から通りを見張っていた三人のうちの一人が声をかけた。

「や……早よごわしたな」

こたえて下の二人づれも、米屋へ入り、旅装を解いたらしい。

男たちのことばは、いずれも薩摩のものであった。

（よし）

とっさに、虎之助は決意をした。

五人にふえた男たちのあとをつけて行くよりも、先へ出て、一時も早く礼子に追いつき、このことを知らせてやったほうがよい、と考えたのだ。

米屋の二階座敷の障子がしまり、灯《あかり》をうけた男たちの影がうごいているのを横眼に見やりつつ、虎之助は平塚の宿場を出た。

この夜。

虎之助は、箱根の湯元の旅籠〔福住〕へ泊っている。

少くとも五、六里は先行したことになる。

翌朝、暗いうちに湯元を発し、箱根の山を越え、三島から沼津をすぎ、夜に入ってから原の宿場へ入った虎之助は、旅籠〔若狭屋〕へ泊った。

江戸から、ここまで三十一里二十丁。まことに速い道中といわねばならないが、虎之助の足はびくともしていない。

原も、ひっそりと落ちついた宿場で、長土塀の旧家が多い。飯盛り女もなく、遊女屋もない。

（薩摩ざむらいたちは、おそらく三島泊りだろう）

虎之助は、そのように見当をつけていた。

しかし、ゆだんはできない。

（今日で、礼子どのが江戸を発ってから六日目になる）

順当な旅をしているとすれば、すでに駿府《すんぷ》（静岡市）をすぎ、遠江《とおとうみ》へ入っているとおもってよい。

（ああ、それにしても……）

すくなからず、虎之助は昂奮してきた。

こうなると、やはり、礼子やお秀のことよりも、恩師・池本茂兵衛の温顔が、たまらなくなつかしくなってくる。

（先生は、かたじけなくも、このおれをたいせつにして下され、なに不自由もなく、のびやかに世をわたるようにおっしゃったが……とても、むりだ。先生の片手片足になりとしていただき、礼子どのといっしょに、おれもはたらきたい）

床へ入ってからも、なかなかに寝つけなかったが、明日からのこともあるし、ねむらなくてはならぬ。

虎之助は呼吸をととのえ、全身のちからをぬき、右手を左の胸下へしずかにあてがい、心ノ臓の鼓動に合せ、息を吐《は》き、息を吸うことをくり返すうち、ぐっすりとねむりに入った。

翌日は虎之助、十五里余をすすみ、駿府の先の鞠子《まりこ》へ泊った。

次の日は大井川をわたって十六里余を行き、遠江の見付へ入り、旅籠〔大江戸屋万太郎〕方へ、わらじを解いた。

どんよりとした曇り日がつづいてい、雨もふらない。

遅い夕飯の膳に向いながら、虎之助が女中にたっぷりと〔こころづけ〕をあたえ、給仕をさせ、

「見付では、むかし、大泥棒の日本左衛門が捕まったのだとね」

「へい。捕まった百姓家が、まだ残っておりますよう」

なにを勘ちがいしたものか、汗で白粉がはげかかった顔を上気させ、女中がしきりに色目をつかう。

それをうまくあしらいつつ、虎之助が、

(もしや……?)

とおもう気もちから、礼子と連れの肥った男のことをきいて見た。

これまでに泊った鞠子でも原でも、女中に問いかけてきたし、休み茶屋の老婆にも、それとなくきいてみたものだが、なんと、

「あれまあ、……へえ、たしかに、そんなようなお二人づれで」

この女中の記憶に残っていたのは、親娘《おやこ》にも見える二人づれが、泊った翌朝に、朝飯を食べずに七ツ(午前四時)発ちをしたからであった。自分がうけもちの客だったので、女中もねむい眼をこすりながら、二人が発って行くのを見送ったのである。

「女は、これこれの顔つきで、立居《たちい》ふるまいのきびきびとした……」

「へえ、へえ、そうでございましたよう」

「ここを発ったのは、いつだね？」

「一昨日でございました」

二

礼子たちは、まだ明るいうちに旅籠へ入り、発つときは暗いうちに……という旅をつづけてきたらしい。

これも異常だ。

追手の眼をさけての道中だと、いえぬこともない。

見付を発った杉虎之助の胸がおどっている。

「このときまではね……」

と、のちに虎之助がいうには、

「このときまで、私は礼子のことをさほどに深くおもいつめたことはなかったのですよ。礼子を、彦根まで送りとどけたときも、それは妙におもしろいむすめだ、とおもってはいましたが、なんとしてもむすめむすめしていたもので……そうした女には池本先生仕込みと申しますか、私はもう、まったく、あつかうのにめんどうくささが先に立ってしまいましてね。ええもう、金であそぶ女が第一なので……金で買い、金で買われる男と女なのだが、それでいて、たがいに金のことを忘れてしまう。一夜だけ肌をぬくめ合って別れた女でも、うまく行きますと、ぴったり呼吸が合い、金を忘れて夢を見るのですな。つまりその、男も女も童心に帰るというやつ。女あそびは、これが醍醐味《だいごみ》だ、なぞと金五郎叔父も申しておりましたっけ。金というものはまことにふしぎなもので、男と女の間に金というものが入るだけに、かえってその、たがいに純なこころになれるという……金というものが、かえって男と女のいやなところを消してくれますのでね」

だから虎之助にとって、素人女ほど、

（あつかいにくいものはない）

と、おもってきたし、以後の虎之助もそのかまえをくずさなかったわけだが、

「それにしても、お秀は別でございましたよ。ま、あのような女《ひと》も、めったにはござんすまい」

と、いうことになる。

お秀のことはさておき……。

いまの礼子が、京へのぼるらしい道中で、あきらかに危急にさらされていることを感じたときの虎之助は、あの若い礼子が池本先生と共に、いのちがけの活動をしていることが、

「いじらしくもあり、けなげでもあり、凜々《りり》しくもあって……」

であって、それが礼子への〈恋〉であったのかどうか、

「ともあれ、駈けつけて行って、この胸にぐいと抱きしめてやりたい。おれが来たから、もう大丈夫、と、こういってやりたい……」

ま、そうしたこころの昂《たか》ぶりを、虎之助が押えきれなくなっていたのは事実であったろう。

それこそ朝も暗いうちに見付を発った虎之助は、いっときも足をゆるめず、昼前に浜名湖を舟でわたった。

後から来る薩摩侍たちは、まだ影もかたちも見えぬ。

新居《あらい》、白須賀をすぎ、二川《ふたかわ》へ入ると、三河の国になる。

虎之助が、吉田（豊橋市）へ入ったのは七ツ（午後四時）をまわっていたろう。

吉田は、松平伊豆守・七万石の城下でもある。

一昨日の朝に、礼子が見付を発ったとすれば、これまでの速度から見て、

（今夜は、御油《ごゆ》か赤坂泊りということだろう）

と、おもった。

礼子の足の二倍の速度をもって、ここまで追いついたわけである。

男でも、乗物をつかわずに、これだけの道中はなかなかにできない。

虎之助の躰が鍛えぬかれていて、しかも旅なれていたればこそだ。

吉田から御油までは、約三里ほどであった。

わけもない道のりだが、

(これは、ふるな)

空を仰いで虎之助は、雨のにおいを感じた。

吉田から御油の間は、三河・宝飯《ほい》郡の平野で、北から西へかけて三河の山脈《なみ》をのぞみ、南には渥美《あつみ》湾がひろがっている。

吉田城下を出はずれた豊川のほとりの茶店で、虎之助は名物の豆腐の田楽《でんがく》で、酒をすこしのんだ。

茶店の老爺《ろうや》に、礼子たちのことをたずねると、

「ああ、それなら……」

うなずいた老爺が、

「たしかにそれとはいえませぬが、おっしゃるような二人づれが、昼ごろにここで、菜飯と田楽を……」

食べて行ったというではないか。

「そうか……」

昼ごろに、ここを通ったとすると、礼子たちは足を速めたにちがいない。

となれば、おそらく御油をすぎ、

(岡崎の城下へ入って、今夜は泊るか……?)

であった。

三

虎之助が、御油の宿場へさしかかったとき、夕闇が濃かった。

江戸を出てからここまで、強行軍の上に、気を張りつめつづけてきた虎之助は、さすがに疲労をおぼえた。

(いずれにせよ、明日中には追いつける)のである。

後から来る薩摩侍を、かなり引き離している、とおもえた。

御油の町へ入る手前にながれる御油川に〔まざいこ橋〕という橋がかかっていて、この橋の上で虎之助は思案をした。

すでに、桜《はな》も散りつくしている。

若葉の鮮烈なにおいが、夕闇の中にたちこめていた。

(御油へ泊るか……)

橋をわたって、虎之助が御油の町へ入った。

御油は、徳川幕府成って、東海道五十三次《つぎ》の宿駅がさだめられてから繁盛をした町である。

灯火が明るい。

東海道の宿場の中でも、御油は脂粉《しふん》の香りのたかいところで、勾配《こうばい》のゆるやかな屋根に千本格子のはまった旅籠や遊女屋がびっしりとたちならび、

「もし、この宿《しゅく》に泊《と》まらしゃりませ」

「女《おな》ごもそろっております」

旅籠や遊女屋からの留女《とめ》があらわれて、ここを先途《せんど》と旅人をつかまえにかかる。

「あれまあ、よい男のおさむらいさま、泊まらしゃりませ、泊まらしゃりませ」

と、駈け寄って来た旅籠の女が、むせかえるような白粉のにおいをさせ、虎之助のくびへかじりついたものだ。

「よし、よし。どこの旅籠だ」

「あれでござりますよう。ますやでござります」

見ると、かまえも小ぎれいなようだし、なにしろ今夜は、一時も早く湯を浴びて床へ入りたい虎之助であったから、

「よし、泊ろう」

女の案内にまかせ〈ますや〉という旅籠へ入った。

女は、

「おこうでござりますよう」

と名のり、虎之助につききりである。

湯からあがって二階座敷の膳に向い、いつものように〔こころづけ〕をはずみ、それとなく礼子のことをききだしたが、

「さあて、ねえ……」

むこうは、気づかなかったらしい。

それでも下へ行き、番頭をはじめ、他の女たちにもききまわってくれたが、この旅籠のものはだれも気づかなかったようだ。

（ま、いい）

酒をのみ、飯を食べると、すぐに床をとってもらい、横になった。

行灯《あんどん》の上からおおいの布《きれ》をかぶせたおこうが、

「あとで、めえりますよう」

にっこりとして、座敷から出て行った。

灯の下で見ると、案外に可愛らしい顔だちで、白粉は濃いのだが、袖からもれる腕のあたりの肌には若い女の血色がみずみずしく、いつもの虎之助なら、おこうに調子を合せ、ぞんぶんにたのしむところであったろう。

しかし、今夜はいかにもねむい。

おこうが出て行ったあと、たちまちに虎之助はねむりに落ちた。

どれほどの時間《とき》がすぎたろう。

やわらかい女の躰が、床の中へ入ってきたのに、虎之助は目ざめた。

しずかな雨の音がしていた。

「お前か！」

「あい」

ふとやかな双腕が、虎之助のくびすじを巻きしめ、

「よい男の、おさむらいさま……」

おこうが、いいさして、たちまちにあえぎを昂《たか》めてきた。

飯盛り女と、一つ床へ入ったのは、虎之助もはじめての経験であった。

前に、池本茂兵衛と旅していたころ、江戸や大坂、京都などの都市の廓《くるわ》へ連れて行かれたことは数えきれぬほどだが、

「わしは、道中で女は抱かぬのさ」

と、茂兵衛はいっていた。

おこうは鼻をならし、たっぷりと量感のある乳房を押しひろげ、虎之助のえりもとを掻きひろげ、その男の素肌へ、わが乳房を押しつけてくる。

「よし、よし」

こうなっては虎之助も、だまっているわけにはゆかぬ。

「こうかえ？」

「あい、もっと強く……」

「よし、よし」

実に、そのときであった。

夜もふけて、しずまり返った御油の宿場へ入って来た数人の足音と、薩摩なまりの声が近づき、虎之助が泊る〔ますや〕の表戸を烈しく叩きはじめたのである。

四

「客のようだな……」

虎之助のささやきに、おこうはこたえようともせず、ひたすらにあえぎを昂め、身をもみたてるように烈しい仕ぐさをする。

「待て……」

おこうの腕を外《はず》し、するりと床をぬけ出した虎之助へ、

「ど、どこへ行くのですよう」

「床の中で待っていておくれ」

「あい。早く、もどって……」

男が手洗にでも立ったのだとおもったらしい。

「よし、よし」

刀を持たずに、杉虎之助は廊下をたどり、階段口をのぞくと、まさに、あの〔ひげ男〕をふくめた五人の薩摩侍が、階下の土間で草鞋《わらじ》をぬいでいるのが見えた。

叩き起された宿の者へ、ひげ男が、

「酒をたのむ」

と、しずかに命じた。

足を洗った五人は、階下の中庭の向うの部屋へ案内されて行った。

それを見とどけた虎之助が部屋へもどり、床へ入って、

「お待ち遠だったね」

やんわりといいかけ、おこうの躰を抱きしめた。

どれほどの時間《とき》がすぎたろう。とにかく、あまり長い時間ではなかった。

「おこうさんや」

「あい」

まんぞくしきった眼をとじたまま、うっとりとこたえるおこうへ、虎之助がいった。

「急に、おもい出した」

「え……？」

「先を急がねばならぬ用事があってね。これから発ちたいのだ。これ、そんな顔をするな。帰りにはきっと、ここへ寄ってお前とまた……」

「ほんとうに？」

「ほんとうだとも」

またも虎之助は、おこうへ〔こころづけ〕をやり、勘定も余分におき、

「そっと出してくれ。明日の朝までは、だれにもいうなよ。いいかえ」

「あい、あい」

「まだ起きなくともいい。おれが身仕度をしてからでいいのだよ」

薩摩侍たちも相当の健脚ぞろいだ。あれから馬をつかったりして、速度をはやめたにちがいない。こうなれば、やはり彼らに先んじて、礼子に追いつかねばならぬ。いずれにせよ、明日いっぱいのうちに追いつけるはずなのである。

虎之助は悠々と身仕度にかかった。仕度をしながら、にこにことおこうへ笑いかけ、世間ばなしなどをしている。

新しいわらじも部屋の中で足につけた。

時刻は、四ツ（午後十時）ごろであったろう。雨音も、ほとんど消えていた。

旅籠の中は、すっかり寝しずまっているようだが、おそらく、階下の奥の部屋へ入った薩摩侍たちは、まだ酒をのんでいるにちがいない。

「さ、そろそろ行こうか」

「あい」

おこうが床から起き、廊下へ出た。

廊下から階段口へ……。

このときであった。

旅籠の表戸を、外から叩く音がした。

(や……?)

おこうの腕をつかみ、虎之助が階段口へ足をとめたとき、薩摩侍の接待のため、まだ起きていた女中があらわれ、表戸へ向った。

どうやらこれも、おそく着いた泊り客らしいのだが、

(それにしても、おそすぎる)

と、虎之助はおもった。

女中は、表戸の外にいる人と何かはなしていたが、すぐに潜戸《くぐりど》を開けた。

「おそくなってすみませんね。もう何も、かまってもらわなくともよいのだから……泊めてもらえば、それでじゅうぶん」

潜戸を入って来た中年男のでっぷりとした体軀を見たとき、虎之助はどきりとした。男のうしろから旅姿の女が、つつましやかに土間へ足をふみ入れたからである。

（礼子だ!!）

おもわず虎之助が、一歩ふみ出したときであった。

便所《かわや》にでも来たらしい薩摩侍が二人、土間の向うの廊下へ、ふらりとあらわれた。

「あっ」

「や!!」

中年男と薩摩侍が同時に叫んだ。

「うぬ!!」

刀を持たぬ薩摩侍二人が猛然として土間へ飛び下り、中年男と礼子へ組みつきざま、

「出会え!!」

「見つけもしたど!!」

大声にわめいた。

同時に……。

杉虎之助も階段を駈け下り、恩師・池本茂兵衛からゆずられた肥前忠広《ひぜんただひろ》の一刀ぬく手も見せずに、礼子へ組みついた薩摩侍の背中へ浅くあびせた。

「うわ……」

仰天したそやつが飛び退るのと、

「虎之助さま!!」

礼子の叫び声と、女中たちの悲鳴が同時に起った。

「礼子どの、逃げろ」

声をかけた虎之助が、中年男のくびをうしろからしめつけている薩摩侍へ立ち向おうとしたとき、

「こやつめ!!」

虎之助に切られた男《の》が、上りがまちにあった中年男の道中差しを引きぬきざま、側面から切りつけて来た。

物もいわずに飛び退った虎之助の一刀が、こやつの胴をしたたかになぎはらったものである。

「だあっ……」

泳ぐようにのめりこむ薩摩侍の向うから、ひげ男をまじえた三人が大刀をつかんで駈けあらわれた。

虎之助は、礼子の連れを救わんとしたが、一歩おそかった。

ひげ男が、ぬき打ちに礼子の連れの中年男を斬った。

「あっ……」

礼子が、たまぎるような声を発した。

その礼子の躰を潜戸から外へ押し出した虎之助の眼へ……目も鼻もわからぬほどに顔中を血まみれにした礼子の連れが、土間へのめり倒れる姿がちらと入った。

ひげ男が虎之助を見て、叫んだ。

「あっ……あのときの……」

虎之助は、礼子のあとから背をまるめて潜戸から戸外《そと》へ飛び出した。

五

飛び出した虎之助が潜戸の傍で身をひねりざま、

「や!!」

つづいて躍り出た薩摩侍へ一太刀あびせたが、さすがに心得があって、こやつはまるで弾丸のような勢いで我から路上へ身を投げたものだから、虎之助の刀はむなしく闇を切り裂いたのみである。

(やるな)

にやりとしてあきらめ、虎之助は礼子へ駈け寄り、

「じゃまになる。逃げなさい」

「で、でも……」

「でもも何もない。早く行け」

共に走りながら、

「京へか？」

「はい」

「おれも行く。落ち合う場所を……」

「は……あの、油小路・二条、蒔絵師《まきえし》の……」

「わかった。名は？」

「原孫七方へ……」

「よし」

ここまでが限度であった。

三人の薩摩侍が、すぐ背後まで肉薄して来ている。

一人でも自分を追いぬいて行ったなら、礼子の危険はいうをまたぬ。

礼子の〈女剣術〉などでは、とても太刀打ちができぬ連中だと、虎之助は看破《かんぱ》していた。

「走れ、礼子どの」

声をかけておいて虎之助が、走りながら腰を落し、振りむきざま、

「鋭!!」

猛然として反撃に移った。

音もなく、霧のようにふりけむる雨の御油宿。

おもくたれこめた闇の中で刃と刃が嚙み合う響《とよ》みをきき、旅籠〈まきや〉の潜戸を開け、

「なんだ、なんだ？」

くびを出した〈まきや〉の番頭の前へ、黒い大きなかたまりがおおいかぶさるように飛んで来た。

「げえっ……」

おどろいて、くびをすくめると、その黒いかたまりは、表戸がこわれるかとおもうほどの勢いでぶつかり、地ひびきをうって倒れた。

「き、斬り合いだあ……」

番頭が悲鳴をあげて潜戸をしめきった。

一人を斬って倒した虎之助は、地を蹴って〈まきや〉の向い側の小間物屋の軒下へ飛びこんだ。

後から大刀をつかんで追って来た男も加わり、敵は三人となっている。

一対三の決闘であるから、虎之助がうしろへ敵がまわらぬよう、小間物屋の表戸を背

にして身がまえたのはわかる。

わかるがしかし、そうなると敵の一人が礼子を追う隙をつくってしまうことになるではないか。

果して……。

ひげ男と別の一人が虎之助へせまるのを見た薩摩侍の一人が、

「たのむ」

叫ぶや、宿場の通りを走り出した。

実は虎之助、これを待っていたのだ。

そやつが走り出すのと同時に、虎之助はななめに身をひるがえし、ふたたび路上へ躍り出た。

「ああっ……」

ひげ男が狼狽して刀を送りこんだけれども、一瞬おそい。

軒下へ入って守勢に立つかに見えた虎之助が、意外な反撃に出たのである。

今度は、礼子を追う一人を、虎之助が追うかたちとなった。

そのあとをひげ男と別の一人が追う。

たちまちに追いついた虎之助に気づき、振り向いた薩摩侍が驚愕した。

「うわ……」

あわてて、ふみとどまり体勢をたて直そうとしたが、その左わきを走りぬけざま、虎之助が横なぐりに斬った。

斬って、見向きもせずに走る。

致命的ではないが、ぬかるみの道へ倒れたその男は戦闘力をうしなった、と見てよいだろう。

うしろで、薩摩ことばの怒声がきこえた。

六

杉虎之助は、とうとう礼子に追いつけなかった。

礼子が東海道を西へ向って逃げたのなら、間もなく追いつけたはずなのである。

あれから御油の宿場をぬけ、赤坂宿手前の松並木へかかって、虎之助は薩摩侍の一人へ、またも重傷を負わせた。

なにしろ、雨の闇夜である。

足ごしらえもせず、灯も持たず、着ながしにはだしのまま、刀だけをつかんで追って出たのが精いっぱいの薩摩侍たちに引きかえ、虎之助は足ごしらえも充分に身仕度もしっかりととのえてあったわけだから、それだけでも時間がうつればうつるほど、こちらが有利になるわけであった。

寝しずまった赤坂の宿場へ、虎之助が入ったときには、只ひとり残ったひげ男も追跡を断念したらしく、

(仲間が傷をうけてうごけないのだから、見すててもおかれまいよ。それにさ……はだしで、この暗闇の中を走ったのでは、いかに芋ざむらいの丈夫な足の裏でも、たまったものではねえ)

虎之助は苦笑して、刀をぬぐい、鞘へおさめた。

(それにしても、礼子は……?)

どう考えても、途中で、道を切れこんだとしかおもえぬ。

(いずれにせよ、あれから西へ西へと逃げているのなら……まず、大丈夫ではないか)

明日中には、礼子と会えよう、と、おもった。

「ところが、とうとう、私が京へ入るまで、礼子には会えませんでしたよ。これは、ずっとのちになってわかったことなのでございますがね。礼子は、御油の宿から南へ切れこんだところにある東林寺《とうりん》とかいう寺へ……なんと、賊に追われております、なぞといって逃げこんだらしいのです。女の身ではあるし、寺でもほうってはおけない。いろいろと親切にその、めんどうを見てくれたらしいので……その寺へ、礼子はまる二日もかくれていたそうでございましてね。さ、それからどうしたとおもいなさる?」

と、これは杉虎之助の語りのこしであるが、

「……旅籠で薩摩藩士に斬り殺された中年男の死体を引き取りに出かけたそうなので。生き残った薩摩侍たちも、旅籠へはもどって来なかったと申します。そりゃあもう、連中が私と礼子を追いかけている間に、宿役人が出張《でば》って来るし、いやもう、御油の宿場は大さわぎになってしまったのでねえ。連中も、これは表向きに出来ないことで、ともあれ、連中の入費《にゅうひ》もそのまま旅籠へ置いたままだったと申しますから、あとで、ずいぶんと困ったことでございましょうね」

礼子は、身もと不明の死体になっていた連れの男を引きとり、これを東林寺へほうむった。

「その連れの男。実は旗本で、名を今井……なんとか申しましたそうで。こうなると、池本先生も礼子も、公儀の隠密《おんみつ》の役目をはたしていたことが、はっきりとわかるのでございますよ」

その夜から、虎之助が京都へ入るまで、半月もかかった。

いつ、礼子があらわれるか、と期待しつつ先へすすんでは、

（もしや、おくれているのではないか……）

それに、ひげの薩摩侍のことも気にかかるし、そうなるとまた、三里四里と、後へ引き返してみる。

ところが、ひげ男もあらわれぬし、礼子も出て来ない。

だが……。

御油で礼子と別れたとき、落ち合う場所は、京都の油小路・二条に住む〔蒔絵師・原孫七〕ときいている。

そこへ行けば、

(何とか、池本先生にも礼子にも会えよう)

というので、虎之助は道中すこしも気をゆるめず、ついに京都へ入ったのであった。

その足で、すぐさま原孫七をたずねようとおもいはしたが、なにしろ、うかつなことはできない。

京都へは、池本茂兵衛と何度も来ている杉虎之助である。

かつて、茂兵衛が虎之助をつれて泊った宿は、三条・白川橋に近い〔津国屋長太郎〕方であった。

このあたりは有名な知恩院に近く、東海道を近江の大津から山科《やましな》、粟田口《あわたぐち》を経て京の三条大橋へかかる、その手前が白川橋である。

虎之助は先ず、この津国屋へ旅装を解《と》いた。

「これはこれは……なんと、おめずらしいことでござりますなあ」

津国屋の主人・長太郎が虎之助を迎え、

「池本先生は、ごいっしょではござりまへんので？」

と、いった。

三年前の春。虎之助と共に、ここへ泊って以来、池本茂兵衛は姿を見せなかったものとみえる。

蒔絵師の家

一

三条・白川の〔津国屋〕へ旅装を解いた杉虎之助は、三日ほど、蒔絵師の原孫七方へ近寄らなかった。

だからといって、外出をしなかったわけではない。

塗笠に顔《おもて》をかくし、外を歩いて見て、自分のあとをつけている者のないことをたしかめ、その上で孫七をたずねるつもりでいたのだ。

(よし、大丈夫)

そこで、いよいよ油小路・二条の蒔絵師の家へ出向いて行ったのである。

晩春の夕暮れであった。

油小路・二条というと、徳川幕府の京都における根拠地であり官邸でもある〔二条城〕のすぐ近くだ。

二条城のまわりには、所司代・奉行所などの幕府の役所や、譜代《ふだい》大名の屋敷がたちならんでいるし、池本茂兵衛や礼子の連絡所をもうけるには、まず安全な場所といえよう。

蒔絵師・原孫七の家は、油小路の東側の角にあった。

油小路と二条の両道が交叉するなめ西の角地は、越前侯・屋敷である。

その、越前屋敷外塀の角に立った虎之助が笠の内から、通り向うの蒔絵師の家を見た。

格子戸はしめられていた。

門口に〔御蒔絵師・原孫七〕としるした表札が掛けてある。

このあたりは種々の工匠《こうしょう》の家が多く、商家もひっそりとしてい、夕暮れどきになると往来の人の姿も途絶《とだ》えがちになる。

おもいきって、虎之助は蒔絵師の家へ近づき、格子戸を開け、土間へ入った。

うす暗い土間に、うるしのにおいがただよっている。

土間の左側は、いわゆる〔格子の間〕で板敷になってい、小屏風《こびょうぶ》が立てまわしてあり、蠟燭がともっていた。

小屏風の蔭に人がいるのだが、戸を開けて入って来た虎之助へ顔を見せようともせぬ。

「あるじどのは、おられましょうか？」

と、虎之助が屏風の蔭へ向って、

「私は、杉虎之助と申しますが……」

屛風から、老人の顔が出た。

灯を背中にしているのでよくはわからぬが、瘦せこけた、小さな老顔であった。

「何用でござりまひょう?」

しわがれた低い声なのだが、虎之助の耳にははっきりときこえた。

「原孫七どので?」

「はい」

「む……」

うなずいた虎之助は、一瞬だまったが、すぐにおもいきって、

「礼子さんは、こちらへお着きになりましたか?」

「さて……」

孫七はかぶりをふって、

「女ごのお人で?」

「さよう」

「存じまへんな」

「では……もしや、池本茂兵衛先生を御存知では?」

「さて……男のお人でござりますか?」

きまっているではないか……。

（とぼけているな）

と、虎之助はおもった。

この老人が蒔絵師・原孫七であるからには、御油宿で礼子が教えた人と家に間ちがいはない。それでいて、あくまでも無表情に〔知らぬ顔〕をしているとなれば、

（まだ礼子は、京に着いてはいないのか……礼子からの知らせがないため、孫七は、おれをうたぐっているのだろう）

と、いうことになる。

屋内にもたちこめている夕闇の中で、原孫七の細い両眼が白く光り、凝《じっ》と、虎之助を見つめている。

虎之助は、

（この上、押してみたところで、どうにもならぬ）

と、感じた。

そこで、

「私は、三条・白川の旅籠津国屋へ泊っています。このことを、おふくみおきねがいましょう」

いいおくや、孫七へにっこりと笑いかけ、

「では、ごめんなさいよ」

さわやかにあいさつをし、外へ出て来てしまった。

そして、それからは一度も、孫七の家をおとずれなかった。

また、外出もやめた。

津国屋にある絵草紙や洒落本などを借りて来て二階の部屋へとじこもり、一歩も出ずに寝そべったまま、朝から夜まで酒盃を口にふくみつつ、時をすごした。

原孫七方を訪問してから四日目の五ツ（午後八時）ごろであったろうか。

「もし、杉さま、お客さまでございますよ」

津国屋主人の長太郎が廊下へ来て、

「蒔絵師の孫七さんとか……」

「ここへ通してもらいたい」

「へえ、へえ」

二

入ってきた原孫七は、虎之助がおもっていたよりも老齢のようであった。

しかし、行灯《あんどん》のあかりを正面からうけた孫七の老顔は、実にみごとな血色である。

また、どこから見ても蒔絵師そのものなのだ。

両の手ゆびは、細工のときにあつかう〔うるし〕にくろずんでいるし、背の曲がった小さな躰つきも、

（細工師特有のもの）

と見てよい。

「これを……」

あいさつもせず孫七は、ふところから一通の書状と何やらの袱紗《ふくさ》包みを虎之助へわたし、今夜は孫七のほうから笑いかけてきて、

「ではごめんを……」

「お帰りか」

「はい」

「この手紙は？」

「中をお読み下されば、おわかりで」

「だれから……？　返事は、いりませんか？」

「いりませぬ」

さっさと、孫七は帰って行った。

書状の包み紙には差出人の名もなく、虎之助の名も書いてない。

封を切って、中身を出した。

「あっ……」

まさに、池本茂兵衛の筆蹟ではないか。

むさぼるように、読み下した。

茂兵衛の文面は、実に、きびしいものであった。


上洛のこと、ききおよび、驚動《きょうどう》つかまつりそろ。

この上は一時も早く、江戸へ帰るべし。

もしも、わが声をきかぬときは、師弟の縁《えにし》も無きものと御承知下さるべくそろ。

茂

虎之助へ

そして、袱紗包みの中には、小判で三十両が入っていたのである。

茂兵衛の手紙は、一語も礼子のことにふれていない。虎之助の上洛を礼子からきいたのではなく、蒔絵師・孫七からききとったものか……それとも、礼子が京都へ来ていながら、わざとこれにふれようともせぬのか……。

どちらにせよ、いうことをきかぬのなら師弟の縁を切る、といわれたのでは、さすがの虎之助も迷わざるを得ない。

その夜は、一睡もせずに、考えつくした結果、

（おれのようなものが、現在《いま》の池本先生のまわりにうろうろしていたのでは、かえって御邪魔になるのではあるまいか……？）

と、おもいついた。

池本茂兵衛が、幕府隠密の秘命をおびて活動しているとするなら、以前、虎之助をつれて旅をつづけていたころの茂兵衛とは、時勢が、

（くらべものにならぬ）

ほどの非常事態となっている。

以前にはむしろ、虎之助をつれて歩くことによって、隠密活動がやりやすかった、ともいえるのだ。

諸国をまわり歩いていて、茂兵衛は虎之助を、わが子にしたり、甥にしたり、あるときは孫にしたこともある。

当時の茂兵衛は、諸国大名のうごきをさぐり、これを幕府へ報告していたものであろうが、いまは、おなじ探索をするのでも、危急をおかしての活動が連続的になってきていると見てよい。

現に、薩摩藩が茂兵衛や礼子を追いかけてきている。

薩摩の国・鹿児島七十七万の大守・島津家は、鎌倉の時代《ころ》からの大名で、かの関ヶ原戦争では西軍に参加し、東軍の徳川家康にそむいた。

それでも徳川家康は、島津家に旧領をそのままあたえている。

地図を見ればわかることだが、薩摩の国は本州の最西端にある。

もしも、島津家を罰し、これにおとなしくしたがってくれればよいけれども、

「徳川なにものぞ!!」

の意気もさかんな薩摩武士を怒らせてしまい、もしも戦争となったときは、あのような遠国まで、はるばると攻めくだって行くことのむずかしさとばからしさを、家康はよくわきまえていた。

そこで、薩摩の反逆をゆるした。

こういうわけだから、徳川幕府成ってからも、幕府は、薩摩藩の動向に絶えず神経をつかってきている。

幕府の隠密が、諸国の大名のうごきをさぐってきたのは、なにも今にはじまったことではない。

二百年もの間、幕府はこのことをおこなってきていた。

ところが……。

薩摩の国へ潜行《せんこう》するときは、幕府の隠密も、

「ふたたび、江戸へはもどれぬ」

覚悟をして出発した、といわれているほどで、他国の者が入国することを、薩摩藩は実にきびしく見張っていた。

現代《いま》も九州の地をおとずれると、国境の峠道などで、

「むかし、このあたりで江戸幕府の隠密が見つけられ、斬り殺されたらしいですよ」

などときかされることが、二、三にとどまらないのである。

三

薩摩藩が密貿易をおこなっていて、財政もゆたかなこと。

外国の科学兵器を充実させ、その軍備は、諸国大名のそれとくらべものにならぬ威力をそなえていること。

そうした薩摩藩の実力は、もはや、

（公然の秘密）

だといってよい。

だからこそ、勤王革命を叫ぶ志士たちが、

「なんとしても、薩摩藩をうごかし、その威力をもって、幕府を倒さねばならぬ」

必死になって、薩摩の志士たちへ、はたらきかけているのである。

「ま、そうしたことですから……」

と、杉虎之助がのちに語っている。

「池本先生や礼子のしていたことも、およそ、察しがつこうというもので……私も、そのとき先生の御手紙を拝見しましてね。もしも自分が足手まといになっているのでは、こいつ、大変に申しわけのないことになる、かようにおもったのです。ま、私としては、いかに先生の御身を案じたところで……」

虎之助は、幕府の隠密ではない。

「いわば、その道にかけては素人《しろうと》なのですから、どうしようもありません。一睡もせずに夜を明かし、障子の外が白んできたとき、こいつはやはり、先生のいいつけにしたがい、江戸へもどろう、と決心をしたのでございますよ」

それに虎之助は、薩摩藩士の〔ひげ男〕に顔を見られているし、おまけに、

「近江の美江寺《みえじ》でも東海道の御油でも、同じ雨の街道で、薩摩ざむらいを何人も斬っているのですから……うっかりと京の町をうろついていて、薩摩ざむらいに気づかれたら、かえって先生の迷惑になろう、かようにおもいましたのです」

で……。

夜が明けるとすぐに、

「今朝、発足《ほっそく》する」

と、虎之助は津国屋の主人に告げ、すぐさま旅仕度にかかった。

迷いが出ぬうちに、京都を一時も早く去ろうと考えたからであった。

朝飯をすまし、杉虎之助が津国屋を出たのは五ツ（午前八時）ごろであったろう。

塗笠をかぶった旅姿の虎之助が、白川橋のたもとへ出た瞬間に、

（や……？）

燕のように身をひるがえし、物蔭へかくれた。

いましも、東海道をのぼって来た旅の武士三名のうちの一人が、あの〔ひげ男〕なのを、素早く見てとったからだ。

となれば、他の二人も薩摩藩士にちがいない。

三人は、よいあんばいに虎之助に気づかず、そのまま、まっすぐに三条大橋をわたり、京の町へ入って行ったわけだが……。

〔ひげ男〕を見たとたんに、またしても虎之助の胸がさわいだ。

（もしや……礼子を追って来たのではあるまいか？）

であった。

そうだとすると、礼子があぶない。礼子の身に危険がせまっているのなら、

（池本先生の御身もあぶない）

ことになろうではないか。

われを忘れて虎之助が、三人の薩摩藩士のあとをつけはじめた。

彼らは、京の錦小路にある薩摩藩邸へ入った。

それを見とどけた虎之助は、

「もはや、江戸へもどる気もちにはなれなくなってしまったのでございますよ。なんとしても先生のことが気がかりで……と、われとわが身にいいきかせたのですが、実はね、なんともおはずかしいことなのだが……先生同様にと申すよりも、あの若い女の身で、いのちがけのはたらきをしている礼子のことが、どうにも気になってしまい、京を去りかねたわけで……」

と、いうわけであった。

虎之助は、その足で津国屋へ取って返した。

「いますこし、京にとどまる」

と、いい、今朝まで滞在していた二階の部屋へ入って旅装を解き、しばらく沈思していた虎之助が、津国屋の主人をまねき、

「たのみがあるのだが……」

「へ。なんなりと」

「これは、池本先生にもかかわりのあることなのだ。お前さんを男と見こんでたのむ」

ずばりといったのは、かねてから津国屋長太郎の人柄を、虎之助はよくよく見こんでいたからである。

「油小路・二条に……ほれ、昨夜ここへ来た蒔絵師の家があるのだ」

「はい……？」

「その家の、なるべく近くに、おれが住むところをさがしてくれぬか」

「住むところ……」

「うむ、ただし、これは、お前さんひとりの胸におさめておいてもらわねばならぬが、どうだね？」

「へ、承知いたしましてござります」

津国屋は、たのもしくうけ合ってくれた。

不了庵

一

津国屋長太郎が、虎之助の住む場所をさがしてきてくれたのは、夏もすぎてからであった。

この間。

杉虎之助は、油小路二条の蒔絵師の家に、まったく近づかなかった。

だが京都へ腰を落ちつけよう、と、こころをきめてから、つぎのような手紙を書き、津国屋長太郎をわずらわし、これを蒔絵師のもとへとどけさせておいた。

手紙の内容、つぎのごとし。

おもうことあり。京へとどまり申すべくそろ。

仮居は、御存知のごとく、白川の津国屋にてそろ。

津国屋長太郎儀、池本先生昵懇《じっこん》のものにそろ。

手紙をもたせてやった長太郎と池本茂兵衛が親しい間柄であることを書きしたためたのは、蒔絵師・原孫七を不安にさせないためであった。

長太郎は原孫七へ手紙をわたし、読み終えるのを待った。

「御返事か、御伝言はございまへんやろか？」

長太郎が念を入れると、孫七はかぶりをふって、

「ござりまへん」

と、こたえたそうな。

「それで、よし」

虎之助はうなずき、

（おれの居どころさえ、あの蒔絵師につたえておけば、池本先生のお耳へ入ろう。すればまた、先生から何やらのおことばがあるにちがいない）

と、おもった。

ともあれ、なんとしても、池本茂兵衛と、

（じかにお目にかかり、語り合ってからでなくては、江戸へ帰るにも帰れぬ）

のである。

その後、蒔絵師からは何の通知もないまま、夏が来て、去った。

「そのころの京は、まだまだ、おだやかなものでしてね。それはもう、諸国の浪士やら志士やらが、ぞくぞくと京へ入りこんで来ていることはたしかで、諸藩の京都屋敷へも何かと人の出入りがはげしくなってまいりますし……そうした他国のものたちの姿が、急に増えたことは、だれの眼にもあきらかでございました」

虎之助の述懐によれば、

「とにかく、天皇さまは、もう外国と外国人が日本へ入って来ることに、がまんがならないとおっしゃる。それはもう、幕府だとて、同じおもいなので……。ですが、外国の武力と財力というものが日本とけたちがいなのでは、向うのいうことにさからうわけにはいかない。そこで、仕方もなく外国と通商の条約をむすんだのでございました」

当時、京都をさわがしていたのは、天皇の御妹・和宮が将軍・家茂《いえもち》へ嫁ぐことについてであった。

この結婚によって、朝廷と幕府の合体と協力を得、困難をのりきろうというのは、亡き井伊大老以来の幕府の悲願である。

「和宮さまの御降嫁《ごこうか》については、いろいろなはなしもございますが……ま、天皇さまとしては、外国人を日本から追いはらってもらいたい。それでなくては、とてもこの結婚は承知できぬ、と、おおせられましたとか……そこへもってきて、勤王の志士や浪士たちが、公家《くげ》衆とむすびつき尊い皇妹の和宮さまを徳川の狗《いぬ》の手へおわたしになるとは、まことにもって、とんでもないことである、と、さわぎ出しましてね。幕府は幕府で一所懸命に天皇と朝廷を説きふせようとする。

　ま、そのころは幕府にも、それだけのちからがのこっていたのでございますね。秋になりますと、どうやら、和宮御降嫁のことがきまりかけてまいりましたので……」

　さて……。

　津国屋が見つけてきた虎之助の寄宿先は、なんと、蒔絵師・孫七のすじ向いにあったのである。

　表具師《ひょうぐし》の茶屋宗助というのが、それであった。

　茶屋は、東本願寺へも出入りをしているほどの表具師で、弟子も十人をこえる。

　これは、津国屋の女房の実家の口ききで、きまったはなしらしい。

　虎之助は、江戸の剣客というふれこみで、もちろん幕臣の杉家が実家であることもいい出た。

　茶屋宗助夫婦は、二人のむすめを他家へ嫁がせ、夫婦二人きりが弟子や奉公人と暮していただけに、虎之助をひと目見て、すっかり気に入ってしまい、

「いつまでも、気楽にいて下され」

と、いってくれた。

虎之助にあてがわれた部屋は、油小路の通りに面してい、窓の格子の間から、蒔絵師の表口がすべて見える。

(これは、よい)

虎之助は、まんぞくそうにうなずいたのである。

二

はるばると、江戸の将軍へ嫁入りする和宮の行列が京都を発ったのは、この年の十月二十日であった。

和宮の行列が木曾谷をぬけ、中仙道をすすんで江戸へ入ったのは十一月十五日であったそうな。

孝明天皇は、御妹の道中を気づかわれて、賀茂、北野、祇園の諸神社へ、

「祈禱《きとう》をおこなうように」

と、おおせられた。

和宮自身も出発に先立ち、祇園の社《やしろ》へ参詣をした。

和宮が、有栖川宮《ありすがわのみや》と、かつて婚約の間柄であったことは、京の町人《まちびと》も知っている。

その婚約者との間を、幕府の政略によって引き裂かれ、将軍・家茂へ嫁ぐのであったから、

「お可哀相なことや」

京の人びとの同情は、期せずして和宮へあつまった。

ために、和宮参詣の当日には、拝観の人びとが祇園社へ押しかけ、非常な混雑を呈した。

この日、杉虎之助も出かけて見た。

さ、そこでだ。

拝観の群衆にもまれているうち、虎之助は、群衆の波の中に、おもいがけぬ人の顔を見たのである。

おもいがけぬ、という言葉は適当ではなかった、ともいえる。

その人が、京都にいるだろうことは、虎之助もわきまえていた。

けれども、上洛以来の虎之助は、ひたすらに池本茂兵衛と礼子の身をおもいつめていたものだから、ついつい、その人のことを放念していたのであった。

(あ、お秀ではないか……)

はじめは、人ちがいだとおもった。

あのお秀が、なんとあたまをまるめ、尼の姿で、人波にもまれていたからである。

（これはまた、どうしたことだ……？）

人波をわけて近づき、声をかけるのはわけもなかったが、あまりに変ったお秀の姿を見て、

（もしも、うっかりと声をかけ、お秀のめいわくになっては……）

虎之助は、そうおもい直したが、このまま別れてしまうつもりは毛頭ない。

やがて……。

和宮一行の参詣が、まだすまぬうちに、尼姿のお秀は人ごみの中からはなれて行った。

虎之助は、お秀を追った。

お秀は、祇園下の道をまっすぐに南へ下って行く。

五条通りへ出ると、東へ曲がった。

塗笠で顔をかくした虎之助も、これにつづく。見つけられてはならぬと考え、虎之助は両肩をわざといからせ、足のはこびも大股に変えた。

二度ほど、お秀が何気なくふり向いたけれども、まったくそれと気づかぬらしい。

前面には、なだらかな東山の山なみがつらなり、ふり向けば彼方に五条橋がのぞまれるという、その道をお秀は東山の山すそへ向って、すたすたと歩いて行くのである。

（ふうむ……肥えたな）

笠の内で、虎之助は微笑をもらした。

法衣につつまれたお秀の腰から臀部《でんぶ》のあたりにかけて、遠目にも、その充実さがみなぎりわたるようなおもいがする。

女が肥えているのなら、食べるに困らぬということではないか。

(それにしても、尼とはまた……まことに尼になったとは、どうしてもおもえないが……?)

いつしか、道がせまくなり、坂となっている。寺院の塀と屋根と、こんもりとした木立とが、晩秋の陽ざしをさえぎり、雑木紅葉《ぞうきもみじ》の坂道の右側は、本願寺の廟所《びょうしょ》であった。

左手は、妙見堂の木立で、この坂道をのぼって行けば、いつしか清水寺の境内へ入ってしまうことになる。

(ははあ……どうも、あたりが尼寺くさくなってきたな)

もともと、さして色が白いというほどのお秀ではないが、祇園社の人ごみにもまれていたときの顔といい、いま、青々と剃りあげたあたまの下のえりあしのあたりも小麦色に灼《や》け、化粧のにおいも無かった。

もっとも、尼さんが化粧をしているはずはないのだが……。

前をのぼって行くお秀が、右手の小道へ切れこんだ。

このあたりは〔小松谷〕といい、源平《げんぺい》のむかし、平重盛《たいらのしげもり》の別荘があったのだという。

東山の山ひだが起伏をつくり、松林が多い。

正林寺という寺院の東南の丘の一角に、松林にかこまれたわらぶき屋根の小さな庵室《あんしつ》がある。

お秀は、ここへ入って行った。

(なるほど……)

まさに、ほんものではないか。

松林に面した庵室の障子が開き、お秀があらわれた。手桶をさげ、庭の一隅にある井戸のところへ来た。

木立の中にしゃがんで、虎之助は凝とこれを見まもっている。

しずかな晩秋の午後であった。

どこかで、鵯《ひよどり》がやかましく鳴いている。

手桶に水を汲んだお秀が、大きく両腕をひろげ、伸びをした。

したかとおもったら、なんと、いきなり双肌《もろはだ》をぬいだものである。

虎之助は、瞠目した。

金杉の家で、一夜、お秀を抱いたときの量感はなまなましくおぼえているけれども、あのときはか細い行灯の灯影ゆえ、彼女の裸形をしかとたしかめたわけではない。

それがどうであろう。

むしろ、ふてぶてしいまでにもりあがった双の乳房をゆらゆらとさせつつ、井戸水にしぼった手ぬぐいで上半身をふきぬぐうお秀の態《さま》は、実に壮観をきわめていた。むっちりと脹《は》った腕をうしろへまわし、くびすじなどをふくとき、お秀のくろぐろとした腋窩《えきか》が正面から虎之助の眼へ飛びこんできて、

（うわ……）

眼のやり場に困った。

お秀が庵室の中へ入ってしまってから、虎之助は道へもどった。

ちょうどそのとき、道を下って来た、どこぞの寺男に出合ったので、

「あの庵室は？」

問うと、

「へい。近ごろ、建ちましたのでござります。不了庵《ふりょうあん》とか申します」

「ふむ。で、庵主《あんじゅ》どのは？」

「法秀《ほうしゅう》さまとか、ききましてござりますが……」

「なるほど」

「なんぞ、御用でも？」

「いや、別に……」

そのまま、虎之助は帰って来た。

どうしてそうなったものか知らぬが、ともあれ、お秀が庵主となって住みついているからには、

（いつでも会える）

のである。

なつかしくもあり、いまここで顔を見せることはわけもないことだが、お秀にはお秀の都合もあろうし……それよりも杉虎之助としては、お秀に会ったが最後、なんとなく、

（先生のことも……それから礼子のことも、忘れはててしまいそうになる）

と、おもい、再会にふみきれなかったようだ。

三

この年も、暮れた。

京都では和宮御降嫁のことで、いろいろとさわがしかったが、江戸は江戸で、虎之助が去ったのち、高輪の東禅寺にもうけられたイギリスの公使館を水戸浪士たちが襲撃した。

これは前年の、麻布善福寺のアメリカ公使館近くで、公使館の通訳官・ヒュースケンが浪士たちに殺害された事件につぐものであった。

イギリス公使館では、代理公使のオリファントと長崎領事で江戸へ出張中のモリソンが重傷を負ったが、モリソンのピストル乱射をうけ、浪士たちは逃走した。

駈けつけた幕府の兵士たちによって、浪士たちは斬られたり捕えられたりしている。

イギリスもアメリカも、他の外国領事館からも、日本政府である幕府へ厳重な抗議がおこなわれた。

「いやもう、大変なさわぎだったらしいので……けれどもまあ、後になって考えれば、これほどのことは何でもない、といってよいようなことになりましたのは、みなさまもよく御存知のことなので……」

と、虎之助がいっている。

ともかく、なんとなく物騒な気配が京の町にもただよってきはじめたことはたしかであった。

新年が来た。

文久二年である。

杉虎之助、二十二歳。

正月の雑煮は、元日を下宿先の表具師・茶屋宗助方で、二日、三日は津国屋長太郎方で祝った。

江戸の伊庭八郎から虎之助へあてた手紙が、茶屋へとどいたのは四日の午後であった。

これは、虎之助が落ちついた先を知らせた返事である。

八郎の手紙を声に直すと、およそ、こうなる。

「……虎さんが京の茶屋方にいることを、私は父上につたえ、父上からつてをもとめ、京の町奉行所や所司代へも通じてもらった。安心をして暮していただきたい」

というのである。

諸大名家へ出入りをゆるされている八郎の父・伊庭軍平からねがい出て、京都における幕府の出張機関である奉行所や所司代へ口ぞえをしてもらえば、虎之助の身柄は、たしかに安全であった。

「それも蔭ながら、ということにしておいたゆえ、心配をなさらぬように……それはさておき、虎さんのおらぬ江戸が、私には急に、さびしくなった。だが、うわさによると、和宮様の御降嫁が成就《じょうじゅ》したので、これからはいよいよ、朝廷と幕府が仲をふかめて行くためにも、明年あたりは、将軍《だんな》が京へおのぼりになる、ということも耳にしている。もしそのときまで、虎さんがそちらにいるのなら、私も父と共に将軍の御供をねがい出て、上洛したいと考えている」

そうなれば、八郎と京で会える。

虎之助は、胸がおどってきた。

同じ日の夜になってから……。

津国屋長太郎が表具師の家をたずねて来た。

真向いの蒔絵師・孫七は、虎之助が、まだ津国屋に滞在しているものとおもいこみ、手紙をとどけに来たというのである。

その手紙、池本茂兵衛からのものであった。

師の声

一

池本茂兵衛の手紙には、

明夜四ツ（午後十時）高台寺《こうだいじ》総門《そうもん》前へおこし下さるべくそろ。
門扉《もんぴ》を背につけられ、そのまま、お待ち下さるべし。

茂

虎どの

と、あった。

この夜。杉虎之助は、久しぶりに恩師と会えるよろこびで、ほとんどねむれなかった。

翌五日の夜ふけとなった。

茂兵衛のいってよこした刻限に、虎之助は、高台寺総門の前に立った。

高台寺は、俗にいう東山三十六峰の一、霊山のふもとにある。

この寺が、かの豊臣秀吉の菩提《ぼだい》をとむらうため、秀吉夫人の北政所《きたのまんどころ》(高台院)が創建したものであることは、虎之助も知っている。

表具師のところから借りた小さな提灯をさげ、虎之助は祇園社の境内を南へぬけ、下河原の道をすすみながらも、じゅうぶんに、あたりの気配へ神経をくばってきている。

なんとなく……。

このごろの虎之助は、

(まるで、池本先生や礼子どの同様に……)

幕府《こうぎ》の隠密にでもなったような気分になってきていた。

高台寺総門の門扉へ、ぴたりと背をつけた虎之助は、すでに提灯のあかりを吹き消している。

月も星もない、凍りついたような夜の闇であった。

京の冬の底冷えのはげしさを、虎之助は初めて知った。

冬の京へ来たのは、このときがはじめてであったからだ。

門前には、木立の間に風雅な茶屋なども見えるが、この夜ふけにこのあたりを通るものは、ほとんどない。

どれほどの時間《とき》がすぎたろう。

虎之助は、前の道へ眼をこらしていた。

門前の道へ、池本茂兵衛があらわれるにちがいないとおもったからである。

「虎之助……」

よびかける声が、虎之助の背中にきこえた。

「あ……」

なんと、池本茂兵衛は閉じられた総門の内側へあらわれたのである。

「せ、先生……」

ふり向いて、虎之助が門扉へしがみつくようにするのへ、

「こちらを向くな」

厳然たる師の声なのだ。

「いままでのように立っておれ」

「は、はい……」

「よし。それでよし」

と、池本茂兵衛の声音《こわね》がやわらいで、

「先ず、礼を申さねばなるまい」

「は……？」

「御油宿でのことじゃ。お前がいなければ、礼子のいのちはなかったろうよ」

「では……では礼子どの、ぶじでございましたか？」

「いかにも、な」

「それは、ようございました。で、礼子どのは、いま、どこに？」

「気になるか？」

ずばりといわれて、虎之助はだまった。

しかし茂兵衛の口調は、虎之助をとがめているようなものではなく、むしろやさしげであった。

「お前には、いっておこう。そのほうがよい。わたしたちのしていることが、はっきりとわからぬため、お前は江戸に落ちつかぬのであろう」

「おことばにそむきまして、申しわけも……」

「よい、よい。もはや察してもいようが、われらは公儀のために隠密のはたらきをしている。その組織《しくみ》については、いろいろとあってな。そのことをいちいち、お前にいうこともあるまいが、礼子は……」

茂兵衛の語るところによると、礼子の父親は、名を内山房五郎といい、百石どりの幕臣だそうな。

内山房五郎は、江戸の隠密の中でも、薩摩藩専門の密偵であり、数人の配下と共に〔一組〕をつくり、長い年月をはたらきつづけていたのだという。

薩摩掛りの隠密というのは大変なもので、他国とはまったく隔絶した西の果ての薩摩の国へ潜入するだけではなく、薩摩の言語にも風習にも通じ、潜入のための方法を何年もかかって、

「きずきあげねばならぬ」

のだそうである。

「わしもな、二度ほど薩摩へ入ったことがある。それもみな、礼子の父がのこしておいてくれた手がかりがあったからこそなのだよ」

たとえば、博多の港から船で、出来るだけ薩摩へ近づき、上陸する。

それからがまた、なかなかにむずかしいらしい。

あとになってわかったことだが、すでに五十年にもわたり、代々、薩摩の国の人になりきっている幕府の隠密が木樵《きこり》や猟師、商人などとして、ごくわずかながら、江戸から潜入して来る隠密の基地をもうけていてくれる。

先ず、そこへたどりつき、さらに鹿児島城下などへ入りこみ、薩摩藩の動静をさぐる。

「礼子の父は、五年前から消息を絶っている。おそらくは、薩摩で殺されたのだろう」

茂兵衛は淡々として、

「わしはな、虎よ。それまで……と、申すのは、お前をつれて旅していたころは、別の役目についていたのだが、内山房五郎亡きのち、薩摩掛りとなった。だが、わしは内山房五郎とちがい、さるお人の恩顧をうけ、そのお人のおたのみによって役目をつとめている」

つまり、池本茂兵衛は幕臣ではない、ということなのである。

なつかしい師の声が門扉の隙間《すきま》からもれてくるのをきき入りながら、虎之助は昂奮を禁じ得なかった。

二

なるほど、そういわれて見ればわかる。

内山房五郎が、ひとりむすめの礼子を江戸の薩摩屋敷へ奉公をさせ、房五郎が行方不明となってのちも、礼子は引きつづいて池本茂兵衛と組み、隠密活動をおこなっていたものにちがいない。

一昨年の初夏。

茂兵衛にたのまれた虎之助が、礼子を彦根へ送りとどけたときは、おそらく礼子が何やらの情報をつかみ、いのちがけで薩摩屋敷を脱出したものと見てよい。

「虎よ……」

「先生。なにとぞ、お顔を……」

「見ぬほうがよい。見てはならぬ」

「なれど……この門を、お開け下さい」

「江戸へもどれ」

「おおせとあればもどります。もどりますゆえ、なにとぞ、お顔を……」

「見るな、わしもお前を見たいが、見るとまた、いろいろとめんどうになる」

「めんどう……?」

「わしとても人よ。わが子ともおもうお前の顔を、いまここで見たなら、いろいろとおもいまようことにもなるし……」

「おもいまよう、と申されますと?」

「さ、そこが内山房五郎とはちがい、もともとわしは一介《いっかい》の剣客にすぎぬ。このように骨の折れる役目をつとめてきたのも、恩うけしお人のたのみゆえのことで……」

いいさして、茂兵衛はちょっとだまっていたが、

「そのお人も、いまは亡くなられた……」

ためいきのごとくにいって、

「ほんにな、お前と共に、のんびりと剣術つかいで一生を終えたらよいのだが」

「せ、先生……」

「だが、そうもならぬ理由《わけ》も、いろいろとあってなあ」

「それを、おきかせ下さい」

「帰れ、江戸へ……」

「先生、お顔を……」

「そこで、たのみがある。きいてくれるかえ」

「は……なんなりと」

「一昨年のときのように、礼子をぶじ江戸へ送りとどけてくれい」

「そこに、礼子どのが？」

「いまは、おらぬ。ここ数日のうちに、ここから連絡《つなぎ》をつける。よいな」

「は、はい」

「そして、な……」

「は？」

「礼子を、お前の家へかくまっておいてもらいたい。このさわがしい世の中がしずまるまで、外へ出してはならぬ。もう礼子など、女のはたらきではどうにもならぬことになってきたし……それに、御油でのさわぎでもわかるように、礼子は薩摩屋敷のものたちから、すっかり顔を見おぼえられてしまっていて、このまま、はたらくことがむずかしくなった」

「一昨年のときも、御油でのときも、ひげをはやした薩摩ざむらいが追って来ましたが……」

「その男は、薩摩藩の茶坊主あがりで、大山格之助という者さ」

「ははあ……」

「茶坊主あがりとは見えぬつかい手だが……ふ、ふふ。お前には太刀打ちできまい。どうだな」

「いえ、強いやつでした」

「薩摩には、ああいう男がいくらもいる。百姓あがりだろうが茶坊主だろうが、あたまが切れて腕の強いやつはどしどし引きあげ、自由自在にはたらかせるという……大山はな、あれでも十人ほどの長で、われわれを見つけ、これを殺すのが役目だ。ほかにもそういう連中がたくさんいる」

「先生。私をおつれ下さい」

「それよりも礼子をたのむ。そうだ、虎之助。礼子をものにしてしまえ」

と、茂兵衛が乱暴なことをいい出した。

「かまわねえから、やってしまえ。乳房《ちち》をもみほぐしてやり、唇《くち》でも吸ってやったら、男を知らぬ礼子のことだ。すっかり有頂天になり、役目のことなど忘れてしまうだろうよ」

「せ、先生……」

「礼子もお前なら、いやとはいうまい。お前だってそうだろう」

「こ、困ります」

「なにが困るものか。人の一生は、しょせん、女を抱いて飯が食えれば、それでいいのだ」

そして、池本茂兵衛の声が、ふたたび厳然たるものに変り、

「わしはな、お前にも礼子にも、この天下のさわぎがしずまったのちに、しかるべくはたらいてもらいたいのだ」

と、いった。

三

茂兵衛にせきたてられ、やむを得ず虎之助が高台寺総門をはなれたのは、それから間もなくのことであった。

「これ以上、ゆるりとしてはいられないのだ」

と、茂兵衛はいった。

茂兵衛の足音は、高台寺の境内へ消えて行った。

だからといって、茂兵衛が高台寺に泊っているものか、どうか……。

ともあれ、今夜こそ池本茂兵衛のしていることが、はっきりと虎之助にわかった。しかも茂兵衛自身の口によってである。

それが、虎之助にはうれしかった。

(先生は、おれを、わが子とおもう……と、いって下すった)

表具師の家へもどり、主人夫婦が親切に寝床へ入れておいてくれた小さな炬燵《こたつ》へ冷えきった足をさしのべ、ようやくに虎之助の肚《はら》も、

(礼子を江戸へ……おれがところへかくまう)

ことに落ちついたようだ。

別れぎわに、虎之助が表具師・茶屋宗助方へ滞留していることを告げるや、

「では、蒔絵師・原孫七のすじ向いの……あぶないことだ。お前だとて、ひげの大山格之助に面体《めんてい》を見られているのだぞ」

池本茂兵衛が、啞然として、

「しろうとは、それだから困る」

と、いったものだ。

「申しわけもありませぬ」

「ま、よい。ともあれ、わしからの知らせが行くまでは、一歩も外へ出るな」

「うかがいます」

「なんだ？」

「あの蒔絵師は、先生にとって、たいせつな人なのでございますか？」

「すこぶる大事な人だ」

「わかりました」

「よいか。その表具師の家からうごくな。出てはならぬぞ」

「心得ました」

そして、別れたのである。

この夜も、虎之助は師の顔を見なかった。

なんとしても、師の顔を見なかったことが、こころのこりでならない。

（先生が恩をうけたお人というのは、いったい、だれなのか？）

おそらく、幕府と将軍にとってもたいせつな人物だ、と見てよいだろう。

（そのお人は、すでに亡くなったそうな……）

もしや……？

（そのお人とは、亡き大老・井伊直弼公《なおすけこう》ではあるまいか？）

ふいっと、そう感じた。

これは、一昨年に礼子を彦根城下の扇屋〔佐和屋宗助〕方に送りとどけたことが連想をよんだのであった。

（先生は、この世の中がしずまってから、はたらけ、と、おれにいった。それはどういうことなのか……？）

また、

（礼子と夫婦になれ、とも申された。それは、いったい……？）

このことを考えると、血がさわいでくる。

初夏の中仙道をのぼる途中で、男装の礼子が見せた乳房や、むせかえるばかりの汗にむれた体臭が、まざまざとおもい起されてくるのである。

この夜から、師のいいつけをまもり、杉虎之助は表具師の家から一歩も外へ出なかった。

例によって、津国屋から絵草紙なぞを取りよせ、冷酒を口にふくみつつ、日をすごしていたのだ。

ところが……。

なかなかに、池本茂兵衛からの連絡がない。

一月がすぎ、二月に入った。

すなわち、現代の三月ということだ。

その二月も十日になった。

虎之助は、じりじりしながら茂兵衛からの知らせを待っている。

一歩も外へ出てはならぬ、というのだから、これは苦痛だ。

表具師の家の人びとへは、

「すこし、躰のぐあいが悪いので……」

といってあるが、躰が悪いのに毎日、酒をなめているのだから、われながらつらい。

だが、酒なくしてこの日々をすごせるわけもないではないか。

二月十日の夜ふけ。

宵からのんだ酒がさめ、何やら寝そびれてしまい、虎之助が寝床から起きて、机上に置いてある酒瓶へ手をかけたとき、

(や……?)

路上に、ただならぬ気配がたちこめているのを感じた。

格子窓の障子をすこし開け、外をのぞいて見ると、すじ向いの蒔絵師・原孫七方の表戸口に、黒い影が五つ。いずれも覆面をしているさむらいたちなのだ。

そのうちの一人が持っていた提灯のあかりが吹き消された。

そして彼らがいっせいに刃をぬきはらった。

これをのぞき見て、杉虎之助は反射的に大刀をつかんでいた。

暗夜

一

杉虎之助が、蒔絵師・原孫七の危急を、

(救わねばならぬ!!)

とっさに決意したのは、孫七が池本茂兵衛にとって、

「すこぶる大事な人だ」

と、茂兵衛自身の口から、きいていたためである。

そのことを耳にしていなかったら、

「家の内から、一歩も出てはならぬぞ」

と、きびしく釘をさされていただけに、虎之助はあえて、黒覆面の曲者たちが蒔絵師の家へ押しこむのを、だまって見まもっていたやも知れぬ。

音もたてずに、虎之助は二階の部屋から裏の物干場へ出て、表具師の家の裏手へ飛びおりた。

ぐるりとまわって、南側の小路から油小路の通りへ出た。

通りをへだてて真正面が、蒔絵師の家であった。

どこをどうして開けたものか、すでに、表の潜戸《くぐりど》が口を開けてい、その両側に、二人の黒覆面が刀をひっさげ、立ちはだかっているではないか。

別の三人は、早くも中へ押し入ったものと見える。

猶予《ゆうよ》はならなかった。

突風のごとく、虎之助が小路から躍り出した。

「あっ……」

抜き打った虎之助の一刀に、黒覆面の一人が、胴をなぎはらわれて転倒した。

もう一人の見張りが、愕然としてふり向く目の前で、虎之助の躰が闇に低く沈んだ。

こやつも、わずかにうめいて大刀を落し、両手で空間を突きあげるようにして、仰向けに倒れた。

するりと、虎之助は潜戸から土間へ入った。

土間は、そのまま通り庭へつながっている、突当りに、たしか小さな土蔵があるはずだ。これは、虎之助が表具師の家の自室から見とどけておいたものである。

とすると、土間と通り庭の左側に、格子の間、小間があって、その奥に、おそらく庭に面した座敷があるものと見てよい。

このあたりの町家は、いずれも京都特有の間取りになっている。

二階にも二間ほどある。

(どこにいるのか、原孫七どのは……)

あくまでも低い姿勢で、虎之助は土間から通り庭へ入った。

左手が四畳半の部屋である。その部屋の頭上から灯がもれている。

そこは階段口なのであった。

「なにか、物音がしたようだぞ」

階段の上から、人の声がする。

虎之助は、

(あいつ……ひげ男だ。大山格之助とかいう……)

美江寺《みえじ》の宿外れでも、御油《ごゆ》の宿でも、虎之助は大山格之助の声をきいている。忘れるものではない。

「よか。おいどん、見てきもす」

薩摩ことばでこたえ、一人が階段を下りて来た。

虎之助は、呼吸をとめ、土間へ伏せた。

その男は格子の間から土間へ下り、潜戸から戸外へ出て見て、びっくりしたらしい。

仲間が二人倒れていたからだ。

あわてて、引き返して来た。

そこを待ちかまえていた虎之助が、刀を左手に持ちかえ、潜戸から足を踏み出し、右の拳《こぶし》をそやつの下腹へ撃ちこんだものだ。

「う、ぐぐ……」

くず折れるように、潜戸の内へくびを突きこむのを外へ蹴倒しておいて、虎之助が屋内へもどり、潜戸をしめ、格子の間へ上った。

階段口へ来て耳をすますと、二階で、何やらが、さごそと物をさがしているような音がきこえ、それにまじり、人のうめき声のようなものもきこえてくる。

（おそかったか……？）

虎之助は、唇を噛んだ。

原孫七のうめき声だと、直感したからであった。

身を返して、虎之助が潜戸を開け、

「泥棒だ、押しこみだ!!」

路上に声をはなった。

当身をくらって倒れていた黒覆面がよろよろと立ちあがるのと同時に、二階から二人の黒覆面が狼狽して駈け下りて来た。

待ちかまえていた虎之助が突き出した一刀に、そのうちの一人が腹を刺された。

「逃げろ」

最後の一人が叫び、腹を押えてよろめく仲間を抱え、潜戸から外へ逃げた。これがひげ男の大山格之助らしい。

追い打ちをかけるのは、わけもないことであったが、それよりも二階のことが気にかかる。

せまい階段を、虎之助が急ぎのぼって見ると、小廊下の前の部屋の行灯のあかりの下で、蒔絵師・原孫七が、うつ伏せに倒れていた。

「これ、しっかり……」

抱き起した。

孫七は、両手に短刀をつかみ、これを胸の下へ突きこんでいた。

薩摩侍たちに押しこまれ、逃げる間がなく、自殺をはかったものらしい。

部屋の中の戸棚や手文庫などが乱暴にかきまわされている。

「孫七どの。これ、しっかりして下さい。杉です、杉虎之助……池本茂兵衛が門人・杉虎之助だ」

「う、うう……」

原孫七が、かすかに眼をひらいた。

おびただしい流血が、孫七の顔の半面をもぬらしていた。

「あ……む……」

孫七が、うなずいた。わかったのだ。

「い、池本先生に、……急に、押しこまれて逃げきれなかった、と……薩摩に、捕えられたら、ひどいことになる。だから、こうして……だ、大丈夫。この家には、たいせつな、ものは、おいてなかった……と、先生におつたえを……」

これだけいうのが精いっぱいのところだったろうが、さらに孫七は最後の気力をふりしぼって、

「……大坂、中ノ島、旅籠《はたご》……」

「わかった。なんという旅籠です？」

「魚《うお》屋、太平……」

「わかりました。魚屋太平が、どうした？」

「昨夜、礼子どののからのたより、あって……」

がくりと、原孫七が老顔を虎之助の胸へ埋め、息絶えた。

道に、人びとのさわぎ声があつまってきている。近辺の人びとの声であった。

虎之助の叫びと、争闘の物音に気づいたのであろう。

このとき、大山格之助をふくむ五人の黒覆面は、いずれも姿を消していた。五人のうち、即死したのは一人であろう。だから、負傷者がこの死体をかつぎ、懸命に逃走したものらしい。

二

杉虎之助は、蒔絵師の家の物干場から屋根をつたい、かなりはなれた小路へ飛び下り、そこから大きくまわって、表具師の家へもどった。

表具師の家のものたちも路上のさわぎをきいて、外へ飛び出したらしい。虎之助の部屋へもあらわれ、さわぎのことを告げようとしたが、むろん、当人はいない。

「どこへ行っておいやしたんどす?」

表具師の女房にきかれ、虎之助は、こともなげに、

「私も、外へ出て見物していましたよ」

と、こたえた。

翌日。

原孫七の死体を、町奉行所が引き取って行った。

虎之助が自分の部屋の窓から見ていると、孫七の死体は丁重にあつかわれ、奉行所の

同心五名がこれをまもって、はこび去った。

これは、一介の蒔絵師の死体をあつかうものと思えない。やはり原孫七も幕府の隠密の役目を長い間つとめてきたものにちがいない、と、虎之助はおもった。

孫七の最後のことばの調子も、

（たしかに武士のものだった……）

のである。

（だが、これは、どうしたらよいのか……？）

であった。

大坂中ノ島の〔魚屋〕という旅籠に何かある、ことは間ちがいないし、そのことが礼子につながってもいるらしい。おもいきって、大坂へ出かけてみようとも考えたが、原孫七の死は間もなく池本茂兵衛の耳へも入るはずである。

となれば……。

（おれは、孫七どのの家の真向いで、一歩も出ずに暮していることを先生は御存知ゆえ……おれのところへ、何かの知らせがあるはずだ）

と、虎之助は考えた。

孫七が死んだ夜の様子を、茂兵衛は、きっと知りたいにちがいないからである。

果して、その夜のうちに、三条・白川の津国屋長太郎が表具師の家へあらわれ、虎之

助の部屋へ通るや、

「池本先生が、見えてでござります」

「おぬしがところに……よし、すぐ行こう」

池本茂兵衛は、前に虎之助が滞在していた津国屋の二階の部屋で待っていた。

原孫七の死によって、虎之助は、おもいがけなく、恩師の顔を見ることができたのであった。

「す、すこしも、お変りになりません」

両手をつき、双眸がぬれるにまかせ、虎之助がいうと、茂兵衛は、前とすこしも変らぬ温顔で、

「人が、そう変ってたまるものかよ」

「はっ……」

「ところで虎之助。原孫七のことは知っていような」

「実は、先生……」

虎之助が当夜のことを、つぶさに語るにおよんで、池本茂兵衛も瞠目し、

「お前も、とんだ一役《ひとやく》を買ったものだな……」

「いけませんでございましたか？」

「いや、こちらで礼をいわねばなるまいよ。お前のおかげで、このところ、ずいぶんと

助けられているな。どうも皮肉なことだ」

「おそれいります」

「孫七は、たしかに、この家にたいせつなものはおいてなかった……と、いったのだね？」

「はい」

「よかった。あそこには、おれがわたした密書の類もかなりあったはずだが……手まわしよく、かねてから始末をしてのけていてくれたものだろう。いや、それきいて安心をしたぞ」

「ようございました」

それから、大坂の旅籠〈魚屋〉と礼子のことにはなしが移った。

「いや、実はな。礼子をお前に江戸へつれて行ってもらいたいと、あれから諸方へ、いろいろ連絡《つなぎ》をつけていたのだが、どこへもぐりこんだのか、かいもく行方が知れなかったのだ」

「さようで……」

「礼子も、亡き父親の血をひいたものか……いや何よりも、十六の小むすめのときから、江戸の薩摩屋敷へ入りこませ、隠密の仕事をさせてきているので、すっかりと、それが身についてしまったらしい」

かるい舌うちが、茂兵衛の口からもれた。

「女の身であることを、礼子め、忘れてしもうて……こいつ、人の女房になれぬやも知れぬわえ」

「それよりも、どうなさいます、先生」

「魚屋のことな……」

「はい」

「困った……」

はじめて茂兵衛が嘆息をもらし、

「今夜のうちに、わしは秘命をおびて、越前《えちぜん》へおもむかねばならないのだよ、虎。どうしても今夜発たぬと、向うでの連絡がつかなくなってしまうのだ」

三

池本茂兵衛が〔越前〕というのは、おそらく、越前・福井三十二万石、松平慶永《よしなが》のことをさしているものであろう。

松平慶永は、徳川将軍の親族である田安家から出て、のちに福井藩主となった。

前《さき》の将軍継嗣《けいし》の問題がおきたとき、慶永は水戸や薩摩とむすび、一橋慶喜《よしのぶ》を、

「ぜひとも将軍に……」

と、押したてたが、これは故・井伊大老派の弾圧によって敗北し、現将軍・家茂が紀州から迎えられたわけだ。

かの安政の大獄の折に、井伊大老からにらまれた松平慶永は隠居・謹慎の処分となり、寵臣《ちょうしん》・橋本左内《さない》は幕府に捕えられ、刑死となっている。

ところが……。

いまは井伊大老も、この世になく、幕府としては、将軍の親族であり、北陸の雄藩でもある福井藩の実力を、たのみにしないわけには行かなくなった。

そこで、松平慶永の謹慎をゆるし、慶永を幕府閣僚のひとりとして迎えることになった。

こういうわけだから、池本茂兵衛が越前へ秘命をおびて出かけることに、すこしのふしぎもないわけであった。

「虎よ」

ややあって、池本茂兵衛が、

「ついでのことだ、たのまれてくれるか？」

「何なりとも」

と虎之助、全身の血がわきたつようであった。

「いま急に、ほかへ連絡《つなぎ》をつける間がないのだ」

そういわれて見ると、茂兵衛は旅仕度を身につけているのである。

「どうも気にかかる。原孫七のいいのこした、その魚屋という……」

「礼子どののことも……」

「それも、な。いま、礼子は、薩摩のうごきを追っている。というのは、間もなく、島津公が大兵をひきいて、京都へのぼって来られるのだよ」

「それは、まこととなので？」

「まことさ。ずいぶん前に、われわれがさぐり出したことだ」

薩摩藩の〔大殿さま〕である島津久光が、武装の藩兵をひきいて上洛するというのは、なにも幕府を相手に戦おうというのではない。

つまり、薩摩軍の威容を、

「天下にしめしてくれよう!!」

と、いうのであろう。

その上で、島津久光は、幕府と朝廷との間をうまくとりまとめ、実力者として、日本の政治を幕府と共に切りまわしてくれよう、というわけだ。

つまり、幕府をたすけながら、薩摩藩の実力をしめそうという、いわゆる、〔佐幕《さばく》〕

の意志をもっての上での、上洛なのらしい。

「ところが、な……いま、尊王《そんのう》だ、倒幕だと、さわぎたてている志士や浪士たちにしてみれば、薩摩藩のちからを利用して、いっきょに、幕府を打ち倒そうというのだ」

薩摩藩の中にも、

〔精忠《せいちゅう》組〕

という志士団がある。

この連中は、大殿さまのやりかたが、

「実に、なまぬるい。幕府をたすけて国事が成ろうか！」

と、暗躍を開始し、これには島津久光も、

「だいぶんに、手こずっておられるらしい」

「では、たのむぞ」

一刻（二時間）ほど、二人は打ち合せをおこなった。

池本茂兵衛は時間を惜しむかのようにすぐさま立ち、

「はい」

「このことがすんだなら、なんとしても、礼子をつれて江戸へ帰ってもらわねばならぬ。このことは、いまから屹度《きっと》、申しつけておくよ」

「心得ております」

津国屋の門口まで見送った杉虎之助へ、池本茂兵衛がにっこりとして、

「毎度いうことだが……さわがしい世の中へ巻きこまれてはいけないよ。こんなばかな世の中に、お前のようないい若い者が血眼《ちまなこ》となってはいけねえのだ」

語尾を伝法《でんぽう》にいいのこすや、暗夜の東海道へ、茂兵衛の姿が消えて行った。

（二巻へつづく）

文春文庫

その男《おとこ》（一）

定価はカバーに
表示してあります

2019年12月10日　新装版第1刷

著　者　池《いけ》波《なみ》正《しょう》太《た》郎《ろう》
発行者　花田朋子
発行所　株式会社　文藝春秋

東京都千代田区紀尾井町 3-23　〒102-8008
TEL 03・3265・1211㈹
文藝春秋ホームページ　http://www.bunshun.co.jp

落丁、乱丁本は、お手数ですが小社製作部宛お送り下さい。送料小社負担でお取替致します。

印刷製本・凸版印刷

Printed in Japan
ISBN978-4-16-791407-3